忘れたい記憶、消します

白瀬あお

富士見L文庫

contents

0. リセット 5
1. プロポーズ 29
2. ワン・ノート 70
3. 霧の中 128
4. 前世の恋人 170
5. 忘れないで 216
6. オペラ、あるいはチョコレートケーキ 285
あとがき 294

0．リセット

こんな手でなければ、どれだけよかったか。

帰宅ラッシュの時間を過ぎ、ひともまばらな電車に揺られながら、かえでは白い綿の手袋に包まれた両手から目を逸《そ》らした。

もう何度めだろう。この手のせいで、またうまくいかなかった。

『才宮《さいみや》さん、クビね。お疲れ様でした』

バイト先だったイタリアンレストランの店長の、怒りを極限まで押し留《とど》めた声と、眉間《みけん》に刻まれた深い皺《しわ》が脳裏によみがえる。

歓迎会シーズンでお店が混んでいなければ。洗い場からホールにヘルプで入るよう言われなければ。料理を運んだテーブルのお客様が、手袋に気づかなければ。気づいてもスルーしてくれれば……。なんて、今さら言ってもしかたない。

迷いに迷って、ゴム手袋をしたまま料理を運んだのはかえで自身だ。手袋を外すわけにはいかなかったから。

「お義母《かあ》さん」「ななみさん」と呼び合っていたテーブル客は、嫁姑《よめしゅうとめ》の関係だったと思う。かえではその、生え際に白いものがまじった姑らしき女性に、手袋を注意された。

『ちょっとあなた、そのゴム手袋を外しなさい。客の前に出るのに失礼でしょう!』

言うやいなや手袋を引っ剝《ひ》《ぺ》がされ、とっさに引きかけた手と手が触れた瞬間、彼女は季節限定メニューの春野菜パスタの皿に頭から激突した。

嫁が悲鳴をあげ、あわや救急車を呼ぶ騒ぎとなったのはつい数時間前のこと。

「あーあ……」

肩下まで伸びた髪で顔を隠すようにうつむいたとき、膝上《ひざうえ》のショルダーバッグから覗いたスマホが震えた。メールの着信を示す通知が目に入り、心臓が跳ねる。

かえでは普段、外ではスマホをいじらない。だが、今度こそは待ち望んだ連絡かもしれず、手袋をいったん外すとおそるおそるメールに目を走らせた。

「厳正なる選考の結果、残念ながら、今回は貴意に添いかねる結果となりました。才宮様の今後のご活躍をお祈り致します」

待ち望んだものとは正反対の内容に、さっきよりも重いため息が漏れる。

窓の外に目をやれば、照明に彩られた人工的な夜を背景に、リクルートスーツを着た情けない顔の大学生が映っている。スーツ姿なのは、就活からそのままバイトに行ったからだ。

昨年度の終わりごろからだろうか。かえでの周りでは、内定をもらったという話がちらほらと交わされるようになった。

なかには選考が本格化したとたん、五社から内定をもぎ取った猛者もいると聞く。

一方のかえではといえば、着々と「お祈りメール」の山を築くばかり。

自己主張は苦手で、押しに弱い。相手が攻撃的だとなおさら、強く出られず早々に折れるほうを選んでしまう。それから、嘘《うそ》をつくのも苦手。

せめてもう少し器用だったら、適性検査くらいは突破できたかもしれない。今日の騒ぎだって、きっと切り抜けられた。

かえでは元どおり手袋を嵌《は》めながら、じっと手のひらを見る。

でも、なんて言えばよかったんだろう。

まさか手が触れた拍子に、相手の記憶を抜いてしまったなんて、言えるわけもない。


とっくに桜が散った春の夜の空気は、どこか気怠《けだる》い。

ホームに降り立つなり、慣れないパンプスを履いた足がよろめいた。追い打ちのように左肩に軽い衝撃を受ける。

「今日の感触どうよ？」

「楽勝。サークルの話をしたら、すげえ食いつかれた」

「あー、やっぱ部長エピソードは強いよな」

かえでと同様の就活生らしい男子学生ふたりが、ぶつかったことに気づかない様子で追い越していく。ちらっと見えた横顔が眩《まぶ》しくて、かえでは目を逸らした。

改札口へ下りるのも億劫《おっくう》になり、よろよろとホームにある自販機に向かう。

バイトに行くときは青空だったのが、今は月が流れの速い雲のあいだから見え隠れするくらいで、星は見えない。星空を見あげ、ちっぽけな悩みだと笑い飛ばすことさえ拒否された気分だ。自虐的だと、わかってはいるものの。

舌が痺《しび》れるような甘い飲み物を飲みたい。いっそ舌を火傷《やけど》でもすれば、口が回るキャラに変わ……るわけもないけれど。

手袋越しなら熱い飲み物も難なく持てる、とかえでがひとつだけ得した点を挙げながらおしるこを買い、ガラス張りの待合室に入ると、先客がいた。

ライトグレーの薄手ニットにベージュの膝丈タイトスカートと黒のパンプスという、これぞオフィスの鉄板ファッションに身を包んだ会社員が頭を膝に埋《うず》めている。足元には、底の鋲《びょう》がすり切れたショルダーバッグ。

この女性、昼もここにいたような。しかも、今とまったくおなじ姿勢で。

バイトの直前だったこともあり、かえではさほど気に留めずに電車に乗ったが、間違いない。

あれから五、六時間は過ぎている。ずっと待合室にいたのだろうか。

かえでは女性とひとり分の座席を空けて座った。だが、女性はひとの気配にも微動だにしない。

「あの……お加減は大丈夫ですか？　救急車を呼びましょうか」

病人だったら大変だ。思いきって声をかけると、長い髪に隠れた顔がゆっくりと上がる。

まるで生気の感じられないうつろな目に、かえでは焦った。

「ずっとここにいらっしゃいますよね？　動けないのでしたら……」

「……あ……夜になってたんだ」

女性がのろのろと体を起こす。その手は冷えきったのか震えており、かえでは手にしていたおしるこを女性に差しだした。

「どうぞ、あたたまりますよ。よかったら」

女性が小さく礼を言って缶を受け取り、プルタブを開ける。

ひと口おしるこを飲んで、小さく息をついた。

「……会社、サボっちゃった」

「具合の悪いときは、休むのもしかたないですよ」

「そうじゃないの。……怖くて」

女性は目元に隈《くま》のできた顔で力なく首を横に振る。かえでは女性のほうへ身を乗り出した。

「なにかあったんですか？　わたしでよければ、話を聞きましょうか」

正直なところ、かえで自身も心は井戸の底くらいまでは沈んでいる。だが女性には、放っておいてはいけないような危うさがあった。

「なにかっていうほどじゃ……会議中に立たされて、課の皆の前で注意される……だけ」

女性が切れ切れに語ったのは、およそ次のような内容だった。

期限までにはとうてい処理不可能な量の資料作成を任されたかと思えば、残業を厳しく叱責《しっせき》される。

家に持ち帰りようやくの思いで作成した資料は、誤字脱字まで、ミスをくどくどとあげつらわれる。それも職場じゅうに響《ひび》く大声で。

会議中もひとたび叱責が始まると議題がそっちのけになり、会議は進まず課の雰囲気も悪くなる。

「それって、ブラック企業とかパワハラというものでは……？」

言葉だけなら、かえでも耳にしたことがある。企業を選ぶ際には、年収や規模だけで判断せず、働く社員の雰囲気もチェックしよう！　などと就活サイトで見た覚えもある。

「出勤しなきゃと思うと、めまいがするようになって……視界が回りっぱなしで、気持ち悪くて」

朝食の味がしなくなり、ろれつが回らなくなる。どうにか駅までは這《は》うようにして着いても、電車に乗ることを思うだけで吐き気に襲われる。

親の口利きで入社したため、簡単には辞められない。一度だけ父親に訴えたものの、それくらい我慢するのが社会人だと逆に説教された。

それ以来、誰にも相談できなくなったのだと、女性はつぶやいた。

「これくらいのことも我慢できなくて……仕事もできないし……もう、私なんか……」

女性がうつむき、顔に落ちた左の髪を耳にかける。耳のそばに一円玉大のハゲがあるのが目に入った。

「どこで間違えたのかな……もう、疲れちゃった……ぜんぶリセットしようと思うの」

うつろだった女性の目に、かすかに光が灯る。嫌な予感がして、かえでの肩が跳ねた。

「おしるこ、ありがとう。……じゃあね」

女性はゆらりと立ちあがると、待合室を出ていく。自販機の横のゴミ箱に、申し訳程度に口をつけただけのおしるこの缶を捨てるのがガラス越しに見えたとたん、かえでは腰を上げた。女性のあとを追う。

女性は電車に乗るでも改札へ向かうでもなく、ホームの端へ足を進める。黄色の点字ブロックに沿って、肩を左右に揺らして。

やがて線路の向こうから電車のライトが近づき、踵《かかと》の外側がすり減ったパンプスが、踊るように点字ブロックを越える。

「待って！」

女性の体がライトに照らされた線路に向かって傾く寸前、かえでは彼女のショルダーバッグを思いきり引き寄せた。勢いのあまり、女性もろともその場に尻餅をつく。

「よければ、ですけどっ……」

百メートルを全力疾走したかのように動悸が激しくなる。だが、ぽっかりと暗い目を見てしまえば、言わずにはいられなかった。

「リセットなさりたいなら……その辛《つら》い記憶、抜きましょうか」

なんとか女性を連れて待合室に戻り、かえではようやくひと息ついた。

女性が色褪《いろあ》せたプラスチックの椅子に腰を下ろすのを見届けてから、彼女のバッグを握っていた手を離す。

手のひらが嫌な汗をかいている。かえでは唾《つば》をのみこみ、手をすり合わせた。

「わたしの手はちょっと特殊で……手を、というか小指を絡ませるだけで相手の記憶が抜けます」

一見、ふつうと変わらない手だ。どころか、常に手袋をするおかげで、同年代の女性と比べても手肌は滑らかなほうだろう。

ふしぎな形のあざもない。熱を持っていたり発光したりなんてこともない。

だが、この手は触れた相手の記憶を抜いてしまう。

しかも記憶を抜くあいだ、相手は眠ったようになってしまう。バイト先でも女性客が昏《こん》倒《とう》したばかりだ。

かえではこれまでにも、手が触れてしまったために周囲の人間が離れていくという経験をしてきた。バイトをクビになったのも、これが初めてではない。

あるいは、暑かろうが室内だろうが手袋を嵌めたままでいる理由を詮索され、居づらくなって自分から離れたこともある。

この手が触れていい結果になった試しなんてなかった。そうふり返り、かえではわれに返った。みるみる血の気が引いていく。

とっさの行動だったとはいえ、なんて大胆な提案をしてしまったんだろう。

「すみません、意味不明ですよね。あはは、聞かなかったことに——」

「なんでもいいわ。楽になれるんでしょう？」

語尾に被《かぶ》せるようにして、女性が鬼気迫る顔で身を乗りだす。

「それは……。ただ、パワハラを忘れられても、環境が変わらなければまた辛い思いをなさるかもしれなくて」

かえでにできるのは過去の記憶を抜くだけ。その先はなにもできない。心臓が早鐘《はやがね》を打つ。

「それでもお願い……っ、こんな記憶、吐きそうになるの。なんとかして」

切迫した視線が手に刺さるのを感じる。それだけ追いつめられているのだ、と気づいたとき、心が決まった。

「わかりました」

声が震えたが、かえでは手袋を外した。小指を差しだすと、女性の細い指がすがるように絡められる。

触れた小指に、微弱な電流めいた痺《しび》れが走った。

女性の指からかえでの指へ、ぬるま湯を思わせるなにかが流れこむ。熱々の飲み物を口にしたとき、喉から腹へと熱が滑り落ちるのを感じられるように、ほのかな熱は腕、胸、腹、足へと順に体内を巡る。

何度経験しても慣れない感覚だ。かえでは無意識に息をつめる。

やがてお湯のようななにかは、絹糸の形を取り始めた。

酩酊《めいてい》した人間さながら頭がぼうっとする。度の合わない眼鏡をかけたときみたいに、女性の輪郭《りんかく》がぶれる。

目を閉じれば、代わりに金、銀、赤、青、ありとあらゆる色彩の糸が見え始めた。

膨大な数の、記憶の糸だ。

小馬鹿にした目でふんぞり返った上司の罵倒。皆の前で小学生さながら立たされた会議と、後輩のうんざりした顔。腫《は》れ物に触るような扱いをする他部署の社員。連日のようにひとり深夜残業をするオフィスの無機質な照明。休日にも飛んでくる上司からの叱責メールと、減っていく笑顔。

流れこむ糸束が、かえでの頭に黒々とした光景を次々に展開させる。かえでは、はっ、はっ、と短い息を繰り返した。胸に重石《おもし》を積まれた気分になりながら思う。

すぐにでも、リセットしてあげないと。

本来は朗《ほが》らかな女性なのだろう。彼女の口調は記憶を抜く前とはまるきり違って、明るかった。表情も打って変わってすっきりしている。

「パワハラ？　やだ、あなた大丈夫？　記憶を抜いた？　そんな話はしたけど、冗談でしょう？　それより、あなた疲れてるんじゃない？　なんだかげっそりしてるわよ。早く帰りなさいね」

記憶を抜かれた当人が、抜かれた内容を覚えているわけもない。

とりあえず、とかえでは別れる前に手袋を嵌め直しながら念を押した。

「職場でなにかされても、悪いのはあなたではなく職場ですから。我慢は間違いです。すぐに誰かに訴えてくださいね」

女性は、わかったようなそうでないような顔で笑うと、足取りも軽く去っていく。小さく息をついた拍子に欠伸《あくび》が漏れ、かえでは口元を手で覆った。

記憶を抜いたあとは、ひどく消耗する。

抜く行為そのものが疲れるせいもある。けれどいちばんの理由は、覗《のぞ》くことによって他者の過去を追体験するからではないか、とかえでは思っている。バイト先で記憶を抜いてしまったときも、店長の話を聞かなければと思うのに、実際は二の腕をつねってなんとか目を開けているだけで精一杯だった。

今回はそれの比ではない。まるでかえで自身がパワハラに遭《あ》ったかと錯覚《さっかく》しそうなほどだった。

足を引きずるようにして改札を抜けたものの、駅前のロータリーに出たとたん、かえでは地面に膝をつく。たちまち猛烈な眠気に襲われる。

かえでは這うようにしてロータリーを進み、バス停に設置された背もたれつきのベンチに倒れこんだ。ベンチの冷たさが、スーツ越しに染みてくる。

左手がベンチからだらりとはみ出る。肩に提げたバッグが地面に落ちたが、取りあげる元気もない。

「うー……」

雪山をさまよい歩くも食料が得られなかった獣の気分で、かえでは目を閉じる。

さあ店仕舞い、とばかりにシャッターを下ろしかけた意識に、冷えたベンチをさらに冷やす低い声が割りこんだのは、そのときだった。

「おい、そこどけ。こんなところで寝るんじゃない。邪魔だ」

「すみません、動けなくて……」

目だけを上げると、グレーのスーツを着た細身の男性が眉をひそめるのが、かろうじて見えた。

身長は百八十センチ弱というところか。脚がすらりと長い。

不機嫌もあらわに細められた切れ長の目は、普段なら理知的に見える部類だと思う。ととのえられた黒髪に縁取《ふちど》られた、端整な輪郭もいい。つまりはなかなかのイケメンだ。

とはいえ今は睡眠薬を飲んだかのようにまぶたが重く、受け答えもままならない。

「さっきまでピンピンしてただろ」

男性は不審そうに、頭を屈《かが》めてくる。

さっきっていつだっけ。それよりこの男性、どこかで――。

「蒼《そう》さん？」

思い出すと同時に、かえでの胸の奥を細い針に突かれたのに似た痛みが走った。

神代《かみしろ》蒼は、会わなくなって約六年になる幼なじみだった。学年でいえば四年違いだが、かえでは早生まれなので、蒼は二十六歳のはず。

二度と会わないだろうと思っていたのに、よりによって名前まで呼んでしまった。

なんという失態だ。かえでは唇を嚙《か》んだ。

「誰だ？　なんで俺の名前を知ってる？」

蒼はいったん身を引いたかと思うと、かえでの顔をあらためて覗きこんできた。明らかに猜疑《さいぎ》の目だ。

「あ……才宮かえでです。おなじ小学校に通っていました」

あのころ、蒼はいつもかえでの半歩前を歩いていた。

「知らんな」

「……ですよね、すみません。蒼……神代さん。では、これで失礼しま……」

いよいよ意識を保っていられなくなり、かえでは目を閉じる。

蒼がなにひとつ覚えていないのも当然だ。

かえでが記憶を抜いてしまったのだから。


目が覚めたら、眠りに落ちる前とまったくおなじ位置に仏頂面の蒼を見つけた。

蒼は立ったまま左手にビジネスバッグを持ち、右手でスマホをいじっていた。

「うそ、まだいたんですか」

驚きつつ身を起こせば、じろりとねめつけられる。かえでは反射的に肩を縮めた。

蒼がスペースの空いたベンチに、どっかと腰を下ろす。

「ぶっ倒れた女を夜空の下に放置してなにかあったら、寝覚めが悪い」

かえでだって、一応はうら若い女性だろうということらしい。

指摘されて初めて身に危険の及んでいた可能性に思い至り、かえでは膝の上に手を揃《そろ》えて頭を下げた。

「あ……ありがとうございます。おかげさまでこのとおり、復活しました。では、わたしはこれで」

「おい待て、才宮かえで」

立ち去ろうとしたとたん呼び止められた。「はいっ？」

肩を強張《こわば》らせつつふり向くと、蒼がぶつぶつとつぶやく。

「才宮かえで、才宮、才宮……。かえで」

「はいっ？」

昔でも滅多に呼ばれなかった懐かしい響き。しかし胸の奥がさざ波立ったのもつかのま、続く言葉に喉がつまった。

「答えろ。さっきホームの待合室で、今にも死にそうだったOLが、かえでと手を繋《つな》いだら急に憑《つ》き物が落ちたようになった。あのOLになにをした？」

全身の血がざあっと引いた。

「見てたんですか⁉　お話ししてただけですよ？」

「その手袋は常に嵌めてるのか？」

「蒼さん!?」

とっさに手を背中に回すも、スーツの袖ごと腕をつかまれるほうが早かった。

「たしか手袋を外してたな？　これみよがしに小道具なんか使って、なんの詐欺だ？　警察に突きだしてやろうか」

「お辛そうに見えたので、声をかけただけですって！」

手を引こうとしても、つかむ力はびくともしない。

まだ服越しなのがさいわいだが、万が一にでも、手をつかまれたら。

背筋が凍りついた。

「心の弱った相手につけこんで、神のご加護とやらでも説いたか？　それとも勧誘か押し売りの類《たぐい》か？　俺はそういうのが大っ嫌いなんだよ」

「ひっ」

蒼は昔からこういうひとだった。無愛想で、言葉選びがストレート。かえでを不審人物とみなしたからか、昔にも増して容赦がない。

一緒にいたあいだは、一度もかえでの手について詮索しなかったのに。

思い出しかけ、かえではいっそう強く首を振った。今はそれどころじゃない。なんとかこの場を切り抜けないと。

「勧誘でも押し売りでも、スピリチュアルでもないですからね!? 目下、就活で不採用通知の記録を更新中で、バイトもクビになったばかりの……なにもできない……大学生です」

語尾が知らず萎《しぼ》んでいく。なんの説明にもなっていないのだと、気づく余裕もない。ただ、現在の境遇を口にして、あらためて気が滅入っただけだ。

案の定、蒼は目を吊《つ》りあげた。

「ならなにをしたか正直に説明しろ。手を触って、怪しげなポーズまで決めてただろう。あれはなんだ?」

言うなり手袋を外され、今日、二度めの危機にかえでは泡を吹きそうになった。

「触らないで……! 怪しいやつじゃありませんから! 触ったら蒼さんの記憶を抜いてしまうので、お願いですから離してください!」

声を荒らげると同時に、かえでは思いきり手を引く。

「は……? おい、言い逃れにしても陳腐《ちんぷ》すぎて話にならない。納得のいく説明をしろ」

しまったと思うまもなかった。かえでは、かつての幼なじみに能力について洗いざらい白状させられた。

かえでが話し終えるまで、蒼は無言だった。

そのあいだに、かえでたちはバスを二本見送った。といっても乗る予定はない。かえでが住むマンションは駅から徒歩十分ほどで着く。

それより、蒼の視線が手にじっと注がれるのが心臓に悪い。かえで自身でさえ、自分の手から目を逸《そ》らすのが習慣になっているのに。

元どおりに手袋を嵌《は》めてはいるが、手袋にも胃にも穴が開きそうだ。

「なるほど、OLの頭からパワハラの記憶を抜いたか。……ということは、俺の記憶も

えでが抜いたんだな」

すべて吐かされたかえでの隣で、蒼が平静な顔で脚を組み替える。

「どうしてそれを⁉」

「そうなのか」

「カマかけたんですか……！」

心の内でブーイングの嵐が起きたが、神経を疑う、と蒼の目が語るのを前にして口にできるはずもない。

思い出した。現実主義者である幼なじみの嫌いな言葉は「神頼み」だった。

自分で努力するべきだという理由ではなく、見えない存在に祈る意味が理解できないという理由だ。

でもかえでの正気に対する疑いが九十九だとすると、残りの一は「なんてことをしやが

る」という怒りのようで、それはそれで恐ろしい。

「事実だという証拠が、ひとつもないな。作り話にしても引くが」

「すみません」

蒼が鼻を鳴らす。その仕草さえ様になる。こんな状況でなければ、かえでも久しぶりに顔を合わせた幼なじみに感慨深く見入ったかもしれない。

しかし、これ以上は近づいてはいけない相手だ。

かえでがさりげなくベンチから立ちあがったとき、蒼が話題を変えた。

「ところで、そのOLは知り合いか？」

しかたなく、かえではベンチに座り直す。

「いえ、初対面です。様子がおかしかったので、放っておけなくて」

「見ず知らずの他人相手にお悩み相談室か。珍獣だな」

「珍獣……」

「じゃなきゃ、超がつくお人好《ひとよ》しだろ。自分に余裕がないときに他人に手を貸せる人間は、そうそういない」

かえではうなだれかけ、あれ、と顔を上げた。今のはひょっとして、褒められた？

しかし、蒼と目が合った瞬間にらまれた。瞬殺だった。

「それで自分がぶっ倒れたら世話がないな」

「すみません……。でも、大したことじゃないですよ。今日は二回続いたので、普段より眠くなっただけですし」

しかし、蒼は呆《あき》れまじりにため息をついた。

「あのな、パワハラなら証拠があったほうが勝てるぞ。パワハラの事実、心を壊した事実。出るとこ出て訴えるなら証拠が要る。むしろOLは医者に連れてって、診断書をもらうべきだったんじゃないか？」

冷静かつ理《り》の通った指摘に、思考が停止した。代わりに空回りという言葉が点滅し始める。

かえではいてもたってもいられず、立ちあがると頭を下げた。

「すみません！」

さっきの女性ともう一度、話をしなくては。記憶を抜いてしまった以上、すべてを知るのはかえでだけだ。なにかのときには、代わりに証言しないと。

しかし駆けだしかけたかえでの肩は、あっけなく蒼につかまれた。

「ひっ……！」

「まだ話の途中だ。誰が帰っていいと言った？」

「だめ！　触らないでください！」

かえでの剣幕に蒼が目を見開き、手を引いた。

「手には触ってない」

「そうですが……でも万が一ということもありますし」

言いながら慎重にあとずさる。蒼は考えこむ風だったが、かえでを逃がすまいとしてか
ふたたびにじり寄ってきた。

「で、かえでは人様の大事な記憶を奪っておいて、謝罪の言葉ひとつですませる気か。俺
の記憶を抜いたというなら今すぐ戻せ」

「それはできないんです……！　記憶を抜くことはできても、ほかにはなにも……。人並
みにできることは、ひとつもないんです」

かえではうつむいて両手を握りこむ。

人前では必ず手袋を嵌め、目立たないように生きてきた。

この手がいつ相手の記憶を抜きとってしまうかと思えば、過剰なほど他者を遠ざけざる
を得なかった。

蒼の強い視線に、心臓がすくみ上がる。

やがて蒼が一歩、踏みこんだ。

「よし、かえで。働け」

「は……働け？」

蒼が、自身の思いつきに満足そうにしてうなずく。

「これから、人様の記憶を抜くんだ。言っておくが無断ではなく、合法的にだ。商売にすればいい。それでその場面を俺に見せろ。それで手を打つ」

「はい……？」

ぽかんと顔を上げたかえでは、遅れて言葉の意味を理解するなり、喉を引きつらせた。

記憶を抜く仕事なんて、聞いたことがない。悪い結果にしかならない気がする。

「い……嫌です！　だいたいわたしは今、大事な時期なんです。わけのわからないことをしてる暇はこれっぽっちもありません」

「バイトがクビになったんなら、ちょうどいい。就活に支障が出ないようにやりくりできるだろ」

「でも、バイトは生活費のためにしかたなくで……」

「生活費がいるなら、ぴったりだ。決まりだな。じゃあさっそく行くぞ」

反論をたやすく逆手に取られ、かえでは返す言葉を失った。

バス停の無機質な照明の下、幼なじみが魔王のように見える。魔王は晴れ晴れとした顔で歩きだした。

どうしてこんなことに。

気分は、掌中に捕らえられた下等生物さながらだ。ふと魔王――もとい、蒼を見たかえでは、その手に自分のバッグがあるのに気づき、われに返った。

「ちょっ、まだやるなんて言ってません！　っていうか行くってどこに……？」

蒼に小走りで並び、かえではなおも抵抗を試みる。

「病院以外にあるのか？　夜間外来をやってるところもあるはずだ」

「まさかっ、わたしの脳波を測定するとかそういう系ですか!?」

蒼が真剣な顔でふり向いた。

「あのな、ぶっ倒れたのは事実だろ。診てもらっとけ」

かえではバッグを取り返そうと伸ばした手を止めた。

そうだった。蒼は昔から、口の悪さと裏腹に驚くほど面倒見がよかったのだ。

初対面も同然の女性を放置せず、そばについていたことも。病院に付き添おうとするのも。昔のまま、変わらない。

かえでは小さな笑みとともに目を細める。胸がわずかに締めつけられたが、気づかないふりをした。

「病院は要りませんよ。たくさん寝ましたから、絶好調です」

「そうか。なら、これから見せてもらうのを楽しみにしてるぞ」

「いえっ、そういう意味ではなくてですね……！」

いくら蒼に懐かしさを覚えても、これ以上関わるわけにはいかない。そもそもこの力を仕事として使うこと自体、間違っている。

なんとしても、考え直してもらおう。
決意を固め、かえではふたたび歩き始めた蒼の背中を小走りで追いかけた。

1. プロポーズ

ここ数年で有名になった観光地にほど近い駅で電車を降りると、改札を出たところで蒼《そう》が先に待っていた。

「お休みの日にありがとうございます、蒼さん。こっちです」

かえでたちは、観光名所がひと目でわかる案内板や、地元の名産品を置いた土産物屋や休憩所が並んだ西口広場を通り抜ける。ゴールデンウィークまっただ中、しかも六月初旬並みの陽気とあって、広場も観光客で賑《にぎ》わっている。

「この駅もここ数年で利用客が増えたな。昔は寂《さび》れてたのに」

蒼が、土産物屋を冷やかす観光客に目を細める。

「今は実家住まいじゃないんですね」

「大学入学のときに家を出た。ここ数年は正月ぐらいしか帰ってないな」

蒼の実家は、これから向かうかえでの祖母の家からひと筋先の、商店街の近くだ。

もっとも、当時は蒼がかえでの家に迎えにくることがほとんどで、かえでが蒼の家に行ったのは数えるほどしかない。ましてや、今ではすっかり疎遠になっている。

「そっちはどうなんだ。祖母《ばあ》さんが唯一の身内なんだろ」

かえではは い、と相づちを打つ。今日を迎えるにあたって、蒼にはあらかじめ事情を説明してあった。

「親は離婚して父親は今どうしているか連絡もないですし、母は再婚して新しい家族と住んでますから」

かえでは六歳のときに祖母の元に預けられた。

能力が発現したのがきっかけだ。

「といっても、中学のときに転校したので、おばあさ……祖母の家に住んでたのは八年くらいですね。そのあと大学入学と同時に戻ってきたんですけど、ここからだと大学までの交通の便がよくないので。マンションからなら電車で十分もかかりませんし、祖母に自立するよう言われたのもあって」

通っている大学名を伝えると、蒼にもすぐ位置関係がわかったらしい。

再会したあの日、蒼はなんだかんだ言いつつかえでをマンションまで送ってくれた。だから、かえでの住む場所も覚えているのだ。

人々がガイドブックを手にしてそぞろ歩く道を逸《そ》れ、曲がりくねった道を歩く。かえでは緊張でにじむ汗を拭い、手で顔をあおぎながら蒼を盗み見た。

スーツに包まれた長い脚を動かす様子は堂々としたもので、横顔もいたって涼しげだ。

これから突拍子もない話をしにいくというのに、緊張のきの字もなさそうでいっそ感心してしまう。昔を思い返しても、蒼が顔色を失うところなんて見た覚えがない。

「蒼さんって、焦ったり、取り乱したりしたことはありますか？」

「ディスってんのか」

「とんでもない！　緊張してなさそうで、羨《うらや》ましいなって」

「万全の準備をして臨むのに、緊張する必要がどこにあるんだ」

当然だと言わんばかりの口調だ。

思えば、蒼はなににつけてもそつがなく優秀だった。蒼がさりげなく身にまとっていた自信を、当時のかえでは羨望の思いで見ていた。

しかし今に限っては、羨ましがるよりも暗澹《あんたん》としてしまう。弱気が頭をもたげ、かえでは首を横に振った。今日は、ぜったいに負けられない。

石垣と土塀で囲われた、古くから続く家々を左右に見ながら坂道を上りきる。ひときわ立派な塀が目に入ると、蒼が足を止めた。

「これが、その祖母さんとやらの家か。でかいな」

才宮《さいみや》家は、明治時代から続くいわゆる旧家だ。土塀に囲まれた敷地《しきち》に、昔ながらの日本家屋である母屋と離れが立つ。

大昔は才宮の分家もおなじ敷地に住み、使用人を何人も雇っていたらしい。しかし現在は、祖母とお手伝いの早苗《さなえ》だけが細々と暮らしている。

といっても昔はこの一帯が、ただの寂れた田舎だった。最近ようやく、観光地としての価値を見出《みいだ》されるようになったところだ。

門扉《もんぴ》のインターホンを鳴らして敷地に入る。引き戸を開けて玄関に足を踏み入れると、早苗が急ぎ足で奥から現れた。

「かえでさん、おかえりなさい。久しぶりですねえ。ひとり暮らしで苦労されてませんか？　吉野《よしの》さんも、本心はかえでさんと暮らしたいんですよ」

「ううん、わたしもおばあさまに頼ってちゃいけないと思うから、いいの。ひとりもけっこう気に入ってるし」

交通の便や祖母の言葉はきっかけにはなったが、かえでが祖母の家を出た理由はほかにもあった。祖母や早苗と同居すれば、常に手のことを考えて気を抜けなくなる。祖母はまだしも、かえでの力を知らない早苗を怯《おび》えさせたくなかった。

早苗はかえでの言葉にあっさりうなずき、横に並んだ蒼に目を留める。

「蒼くんもずいぶん久しぶりですねえ！　うちに来るのにスーツなんか着る必要ありませんのに！　いつ以来でしょう？　大きくなりましたねえ」

「ご無沙汰しています」

記憶がないとは感じさせないほど、蒼がそつなく返す。さすがだ。だがかえでは、蒼がこれ以上の負担を感じる前に口を挟んだ。

「早苗さん、おばあさまは？」

「はい、はい、吉野さんもお待ちかねですよ。どうぞ、ゆっくりしてくださいねえ」

靴を脱ぎ、板張りの廊下を奥へ進む。畳敷きの応接間に入ると、淡い藤色の着物にミルク色の帯をきりりと合わせた祖母が、感慨深そうに立ちあがった。

「久しぶりね、蒼。元気にしていた？」

「……初めまして、神代《かみしろ》蒼と申します。今日はお時間をいただきありがとうございます」

「おばあさま、電話でも話しましたけど、今日は」

「わかってるわよ、かえで」

祖母には蒼に昔話をしないようあらかじめ頼んであるものの、ぴしゃりと言われると反射的に背筋が伸びる。そうでなくても、祖母と話すときは癖で今でも敬語だ。凛《りん》とした佇《たたず》まいの祖母には、そうさせる雰囲気がある。その反面、祖母はかえでのためとなると見境《みさかい》がなくなるのだが。

祖母に勧められ、かえでは蒼と年代物の重厚そうな座卓につく。早苗が淹《い》れたお茶を飲もうとして、かえでは湯呑《ゆの》みを覗きこんだ。

「早苗さん。緑茶じゃなくてほうじ茶に……」

「そうでした！　蒼くんは緑茶が飲めないんでしたねえ。すぐ淹れ直します」

「……いえ、今は飲めますから」

蒼は片眉を上げたが、それ以上はなにも言わずに緑茶を口にした。早苗が下がるのを待って本題を切りだす。蕩々《とうとう》と説明する蒼の隣で、かえでも居住まいを正した。

今日は、記憶を抜く商売の話をしにきたのだった。

まだ学生だから家族の同意もなしでできるわけがない、と抗議した結果である。われながらいい断り文句だと思ったのに、蒼は「なら話を通しにいく」と、この場をセッティングしてしまった。かえでが歯噛《はが》みしたのは言うまでもない。

しかし、勝ち目はまだかえでの側にある。

幼かったかえでに異能を教え、手袋を与えたのは祖母だった。

いたずらに他人の記憶を抜いてはいけない、と祖母は事あるごとにかえでを諭《さと》した。

祖母は体育の授業をすべて見学させ、給食当番も外させた。かえでが他者に触れる危険を回避するために無理を通したのだ。

不満を募らせた教師を、裏で手を回して黙らせたのも祖母だ。具体的にどうやったのかは、訊《き》けなかったが。

祖母の振る舞いは極端ともいえたが実の親以上に、親であろうとしてくれたのだと思う。

だから、蒼のばかげた提案も即刻却下するに違いない。

身内が反対すれば、蒼も諦めざるを得ないだろう。これで、目を覚ますはず。

「――いい考えね。やってみるといいわ」

「えっ？」

勝利を確信して零《こぼ》れかけた笑いを、正座した膝をつねってこらえていたかえでは、唖然《あぜん》として祖母を見返した。

「おばあさま、蒼さんはわたしの手を売り物にすると言ったんですよ？」

「売り物はかえでの手じゃなくて、記憶を取り除くサービスでしょうよ」

「そういうことじゃなく。知らない相手に力を使うのがどれだけ危険か、おばあさまならご存じじゃないですか」

「相手の同意も得て、触ると決めて触るなら危険はないでしょうよ。蒼はそこのところも考えて提案してくれたんよね？」

「当然です」

蒼が、隙なく着こなしたスーツ姿で請け合う。祖母はさらにいくつか質問をしたが、そのすべてに蒼は如才なく答える。かえでは顔を青くして蒼をにらんだ。

ひょっとして、休日なのに蒼がスーツを着てきたのはこのためか。責任ある社会人だと知らしめて、祖母の信用を得るため。

これでは予想と違う。

「でも、あとで記憶を戻せと言われても戻せないんですよ？　望まない結果に終わっても取り返しがつきません。それに、もし手のことが広まったら？　わたしはぜったい嫌です、なにが起きるかわからないのに……！」

かえではただ目立たず、誰にも指をさされずに生きたいだけなのだ。

しかし、祖母は落ちついた様子を崩さなかった。

「……かえでにも話したことはなかったっけね。今はかえでにしかその力はないけれど……もともと私の曾祖母の代までは、才宮は蒼が言ったような商売を生業《なりわい》にしていた家なんよ。当時は政財界の大物さんが主なお客様で、いわくつきの依頼も受けていたと聞くわ」

かえでは目を見開く。かつて才宮におなじ手を持つ者がいたのは、幼いころに祖母から聞かされていたが、商売の話は初耳だ。

隣で蒼も息をのむ気配がした。

「といっても、私が知っているのはそれくらい。私自身ももみじ……あんたの母にも、その力は現れなかった。だからあんたに力があるとわかったときは、驚いたなんてものじゃなかったわ。せめて当時の文書でも残っていれば……」

祖母の声が沈む。かえで自身、何度となく考えてきたことだった。なにか残されていれば、あるいはこの力を消せたかもしれないのに、と。

けれど今は感傷に浸る場合じゃない。

たいていのことでは強く主張できないかえでだが、今回は別だ。これぱかりは退《ひ》けない。

「とにかく、昔とは時代が違います。今はSNSだってありますし、どんな形で拡散されるかわかりません。面白半分で依頼されるのも嫌です」

「引き受けるのは、信用できる人間に限ればいい。SNSは心配要らないと思う。客としても、記憶を抜かれたなんて軽々しく口にできないだろ。証拠もないし、言ったとして自分の頭を疑われるだけだ。かえでが危惧《きぐ》するほど表には出ない」

横から蒼が口を挟み、祖母も同調した。

「お客は私が紹介するわ。信用できるひとだけを集められると思う。衰退したとはいっても、一部では才宮の名前は今も知られてるんよ」

「助かります。広告を打つわけにもいかないので、客を取る方法が悩みの種でした」

「店舗はここの離れを使いなさい。かえでが出ていって、部屋が空いたままなんよ」

「待ってください！　わたしはっ……」

テーブルに両手をついて身を乗り出すも、かえでの言葉は蒼にかき消された。

「正直、ありがたいです。個人情報をさらすのですから、誰にも聞かれずにすむ場所が必要だと思っていました。これで想定より早く店を開く目処《めど》が立ちました」

抵抗もむなしく、あれよあれよというまに話がまとまり、かえでは肩を落として祖母の家を辞した。

祖母にまで裏切られた気分で、視線は地面を向いたまま坂道を下る。

「幼なじみだっていうのは事実だったんだな」

「え？」

蒼が遠くに視線を向けたままつぶやいた。

「緑茶」

短い返答に、あ、と口をつく。昔の蒼は緑茶が苦手だった。だから早苗はいつも蒼が来るときには、ほうじ茶を出していた。

「蒼さん、苦いものも飲めるようになったんですね」

「いつまでも子どもじゃない。……なんで俺の記憶を抜いた？　それだけ自分の力を嫌がっておきながら」

足を止めた蒼に正面から見つめられる。ぐっと喉がつまり、かえでは喘《あえ》ぐようにして言葉を絞り出した。

「……蒼さん、やっぱりわたしとは関わらないほうがいいです」

「なんだ急に。店は予定どおり開くからな。記憶を戻せないなら抜くところは見せてもらう」

あっけに取られつつも怯《ひる》まない蒼に、かえではかぶりを振る。胸がひりついた。

「お店のこともですけど、わたしに関わったら蒼さんはきっと嫌な思いをします。……お先に失礼しますね」

かえでは素早く頭を下げ、蒼がなにか言おうとする前に背を向ける。いつかみたいにバッグを取られないよう、腕に抱えて走った。

＊

ゴールデンウィークが終わり、説明会や筆記試験を受ける日々が戻ってきた。

さいわい、講義の単位はほぼ揃《そろ》っている。あとは卒論だけなので、かえでは就活に集中していた。

昼は会社をはしごし、夜は家でエントリーシートに頭を悩ませる。

素っ気ないお祈りメールとともに、手持ちのカードが減っていく。かえでは焦燥を募らせながら大学の就職課へも日参し、新たなカードをせっせと追加した。

そんなある日、かえでは就活の合間を縫って祖母の家を訪れていた。家具の移動を手伝ってくれと頼まれ、二つ返事で引き受けたのだ。

祖母は今や、唯一の家族といっていい存在である。まだまだ長生きしてほしいし、例の依頼でない限りはなんでも応じるつもりだ。……あんな怪しい「仕事」に客が来るとも思えないけれど。

かえでは苦笑しながら、離れの居間に足を踏み入れる。とたん、ほんとうの用件を察してため息を落とした。

「蒼さん、なにしてるんですか……」

ベージュのチノパンにブルーグレーのカットソーというラフな格好の蒼が、なぜか我が物顔でソファに腰を落ちつけている。家の主でもないのにすっかりくつろいで見え、かえでは脱力した。

しかも、蒼が腰かけているソファに見覚えがない。それどころか、大正モダンな調度品はどれも、初めて目にするものだ。

かえでの疑念を読み取ったらしい蒼は、平然と返した。

「客が来ないから、吉野さんと相談して内装を変えた。これで依頼人もくつろげる」

「内装って……これぜんぶ？　どこから」

「職場の伝手《つて》で安く譲ってもらった」

深い青の天鵞絨《ビロード》張りの座面に、背もたれとアームの部分の透かし彫りがレトロモダンなソファ。ソファと揃いの透かし彫りがあしらわれた椅子。暗めの色味が落ちついた雰囲気の丸いテーブル。両側に引き出しを備え、真ん中の引き戸にはステンドグラスを嵌《は》めたサイドボードとシェードの美しいランプまでしつらえられている。

かくて、この部屋だけは大正時代の洋館みたいなものに変貌《へんぼう》を遂げていた。

関わらないほうがいいと言ったはずなのに、もはやどこから突っこめばいいのかわからない。かえではしかたなく別の質問をする。

「蒼さんはなんのお仕事をしてらっしゃるんですか？」

「絵画や骨董《こっとう》品を扱うギャラリーで働いてる」

意外だ。蒼なら、名だたる大企業に勤めていてもおかしくないと思っていた。

「ほかにも道はあっただろうけどな。自分次第でなんでもできるところとか、わりと気に入ってる。面白い」

骨董品の売買にはまだ経験が足りないらしく、主な仕事はプロモーションだという。オークションに向けた展示会の準備や、作家とのやり取りなんかも含まれるらしい。営業と広報にIT担当といったところのようだ。本人が言うように、なんでもありである。

「蒼さんって、すんなり内定が出たひとですね……？」

「まあ、歩き回った記憶はないな」

たまにいる。特に身を入れたわけでもないのに、すんなりと一社目で内定をもらい、いつのまにか就活を終えている輩《やから》が。

自分との落差に、かえでは唇を噛んだ。

「それより、これ作っておいた」

かえでの恨み顔を平然と流すと、蒼はA4用紙をかえでに渡した。受け取って目を落とす。そこには大きく「同意書」と書かれていた。
・消去した記憶の復元はできません。
・記憶が消去されたのち、お客様ご自身では「消えた」と確認できません。あらかじめご了承願います。
・記憶を消去したことによりお客様に発生したいかなる不利益も、当方は負いません。
・お客様の記憶については、秘密厳守いたします。
・前金制です。いかなる理由でも返金はいたしません。
「なんですか、これ」

最後には「以上の項目にすべて同意します」の一文と署名欄が設けられている。かえでは肩から提げたトートバッグを絨毯《じゅうたん》敷きの床に置き、顔を上げた。

「必要だろ。あとで揉《も》めたときのためにも、契約は必須だ」

「本気ですか……？」

「本気だからこうやって準備してる」

着々と外堀を埋められている。かえではめまいを覚えつつ同意書を蒼に返し、キッチンに向かった。まずはお茶でも飲んで、気を落ちつけよう。それしかない。

離れには、浴室以外はひととおりのものが揃う。玄関を上がってすぐ右手には、コンパクトながら必要な機能の揃ったキッチンがあり、簡単な食事も作れる。

キッチンは、いつでも使えるように綺麗《きれい》にととのえられていた。どうして蒼の味方をするのかとやるせない部分はあるものの、こういうところに祖母の愛情を感じる。

かえではほうじ茶を淹《い》れて居間に戻り、湯呑《ゆの》みのひとつを蒼の前に置いた。蒼はまだ同意書の文面を検討していた。

「ネックになるとしたら、前金制か？　しかし抜いた記憶を確認できない以上、後払いにしようにもな……」

記憶を抜いてからでは、その記憶を抜いた仕事への対価を決められない。

だから前もって抜きとる記憶の重要度に見合う「お気持ち」を受け取るべきだ、という理屈らしい。

「悪意避けのためにも前払いがいいんだが」

「お金を取るのが間違ってると思います」

自分の湯呑みも置いて蒼の向かいに座ると、書類から顔を上げた蒼が眉をひそめた。

「サービスには相応の対価が要る。自明だろ。信用を得るためにも金を取るべきだ。タダ働きは軽んじられるぞ」

「こんなの、対価をいただけるサービスじゃないですよ」

サービスどころか、損害賠償請求をされる未来を想像するほうが簡単だ。ところが、蒼は口の端を軽く上げた。

「忘れたい記憶のひとつやふたつ、誰だってあってもおかしくないだろ。OLがそうだったのをもう忘れたのか？　人間ってのは、忘れたい記憶ほど忘れられないもんなんだ。忘れられないから苦しむんだよ。だからそれを抜くのは、立派な商売になる。吉野さんも賛成しただろ」

それはそうかもしれない、とうなずきかけ、かえでは気を引き締める。理路整然とした説明に、あやうく流されるところだった。

「いくら蒼さんとおばあさまが乗り気でも、わたしはやりませんからね。蒼さんは興味本位なんでしょうけど、この能力は蒼さんが思うほどいいものじゃありません。ひとを傷つけたり気味悪がらせたり……いいことなんてひとつも」

「だから使いかたを考えてるんだろ」

「使いかた？」

切れ長の目を見つめると、蒼はすっと目を逸《そ》らした。

「まあいい。それより、吉野さんの伝手だけでなく、こっちでも動くべきかもな。このままでは開業早々に廃業することになる」

「廃業万歳ですよ。わたしには就活という大事なミッションがあるので」

「そっちはどんな状況なんだ？」

「今は説明会に行ったり、エントリーシートを提出したり……です」

「面接は？」

「……一次止まりです。わたしみたいなのでも採用してくれる奇特な会社って、どこにあるんでしょうね」

われながら卑屈な言いかただ。かえでは「あはは」と笑ってごまかす。

面接ではときに手袋にも質問が及んだ。面接官にとっては、なにげない質問だったのかもしれない。だが、かえではそこでつまずいた。

嘘《うそ》をつくのも、話をでっち上げるのも、騙《だま》すようで気が咎《とが》める。そして一度まごつくと、その先の受け答えもぎこちなくなる。

面接のたび、その繰り返しだった。

「その調子で続けても、内定は出ないだろうな。かえでには――」

かえでは続きを言いかけた蒼を遮った。

「なんて不吉なことを言うんですか！　蒼さんにわたしの気持ちなんか、わかるわけないです！」

胸の奥に巣食って膨らんでいた不安を煽《あお》られ、気がついたときには棘《とげ》のある言葉が口をついたあとだった。

蒼が目をみはる。怒りとやるせなさと、それ以上の後悔で蒼の目を見ていられず、かえでは離れを飛びだした。

しかし、その後も就活は思うように進まないまま、世間は今年の梅雨入り時期が予想されるころになってしまった。

腰が痛いと訴えた祖母の元に駆けつけたかえでは、完全に油断していた自分を呪った。

「才宮吉野さんの紹介で、うかがいました。生谷香子《いくたにたかこ》です」

祖母の家の母屋で出迎えたのは、かえでよりひと回りほど年上、三十代前半らしい女性だった。きりりとした太めの眉、意志を感じるメイクに、明るい色の髪が肩に触れるぎりぎりの長さでととのえられている。

かえでがぽかんとするうちに香子は三和土《たたき》へ下り、ていねいに手を揃《そろ》えて頭を下げた。

「才宮さんからお話をお聞きしました。力を貸していただけないでしょうか？」

ひとつひとつの仕草が、きびきびとして気持ちがいいひとだ。仕事でも有能なんだろうな、と思いかけ、かえでは慌てて香子に頭を上げさせた。

まさか依頼人が実際に来るなんて。とんでもない。

「祖母がなんと言ったか存じませんが、わたしはお受けするつもりはないんです。ですからその、申し訳ないのですが、お引き取りいただければ」

断るにしても心の準備もしていない。口調がたどたどしくなる。

「そこをなんとか、お願いします。このままでは苦しくて……話だけでも聞いてもらえませんか？」

重ねて頭を下げられる。困惑して返答を探しあぐねていると、廊下の奥から祖母もやってきた。背筋はすっと伸びており、腰は問題なさそうだ。かえでは胸を撫《な》でおろした。祖母の嘘を真に受けてしまったのは悔しいが。

「かえで。私からも頼むわ。香子さんは信用できるし、そこは心配しなくていいんよ」

かえではトートバッグの取っ手を握りこんだ。

心臓が嫌な音を立てる。これまでのことが思い返されて、息が浅くなる。やりたくない。叶《かな》うなら今すぐ逃げ出したい。

「お願いします」

迷っているうちに、香子がさらに深く体を折る。かえではついに負けた。

「……お話だけなら。中にどうぞ」

目の前で自分よりいい大人に頭を下げて懇願されて、見捨てることのできる胆力なんてない。かえでは離れの居間に香子を案内した。

香子は看護師で、今日は夜勤明けなのだという。祖母が知人の見舞いで病院を訪れて以来、話をする間柄になったらしい。

香子はノスタルジックな家具で統一された部屋を見渡し、顔をほころばせた。

「居心地のいい空間ね。かえでさんの趣味？」

「いえ。幼なじみが見立てたものです。お客様がくつろげるように……と」

香子の表情を見る限り、その目論《もくろ》みは成功したらしい。かえでは客を迎えるつもりはなかったのだが。

「というより、まずかえでさんがくつろぐためじゃないかな。あったかい感じで……かえでさんの雰囲気に合ってる。かえでさんのための居場所なのね」

かえでは目をぱちぱちさせた。言われてみれば、他人と接するのは苦手なはずが、今はふしぎと緊張せずに話している。

蒼には嫌な感情をぶつけてしまったままだ。

次に会ったら謝ろうと決め、かえではソファに腰を下ろした香子にお茶を勧めた。自身も向かいの椅子に腰かける。

「才宮さんには申し訳ないけれど、どんな怖いひとだろうと思っていたから、かえでさんと、ここを見てほっとした。ここなら、騙《だま》されることはないなって。あ、ごめんなさい。記憶を消すって、そうそう信じられるようなものじゃなくて」

「わかります。わたしもそう思いますから」

香子はほっとしたように湯呑みを両手で持ち、湯気に目を細めてから切りだした。

「それで、消してほしい記憶はね……プロポーズなの。プロポーズされた記憶」

＊

香子の斜向《はすむ》かいに座った健吾《けんご》が、真剣な顔で六面立体パズルをいじる。職場の送別会の景品で当たったという。

健吾の職場では、年度末の異動時期には大々的な送別会をやるのが通例らしい。微妙なラインの景品だが、健吾の様子を見る限り、これはこれでいいのだろう。

ぎゅっ、ぎゅっ、と小気味いい音が、卓上コンロにセットされた鍋の煮える音に被《かぶ》さる。

六面あるうちの一面は揃えられたものの、その先が難航しているようだ。

「健吾、お鍋できたよ。食べよ。やっぱりお鍋にはビールだよね」

「もう三月だよ、たかちゃん。あと一週間で新年度だよ」

返す口調は軽いが、どこか上の空だ。いいでしょ、と心の内でだけ言う。料理は得意じゃないんだから。

缶ビールを健吾の前に置いても、健吾はまだ立体パズルに夢中のようだ。

「もうちょい待って、たかちゃん。あともうちょっとだから」

「そんなにハマってるの？　じゃあ取り分けておくから、さっさと完成させてね」

「はーい」

健吾は三歳年下の二十九歳だが、ときどき子どもっぽいと思う。食事もそっちのけで立体パズルに夢中になるところも、そのひとつだ。

そのせいか、香子は健吾を、弟を見守るような目線で見てしまうときがある。病院でも、人なつこくて話し好きの性格は、先生たちにも評判がいい。

健吾は香子の勤める総合病院に出入りするMRだ。製薬会社に勤め、医師に新薬の情報を伝えたり、逆に医師から新薬を投与した患者の予後をフィードバックとして受け取ったりする。

煮立ってきたので火を弱め、健吾の取り皿に具を取り分けていく。

今日はキムチ鍋だ。鶏肉、鶏肉、鶏肉、豚肉、にら、にら、白菜はほんの少し。

圧倒的に肉派の健吾の取り皿はいつも肉だらけだ。キムチの強烈な赤には勝てないが、せめてもとにんじんの鮮やかなオレンジ色も添える。

自分の皿には白菜と春菊をたっぷり。それから豆腐と厚揚《あ》げ、最後に鶏肉。

香子は缶ビールのプルタブを引いて先に飲み始めながら、悪戦苦闘中の健吾を眺める。

二年前、ナースステーションのカウンター越しに「付き合ってください」と言われ、即座に断った。それなのに何度もやってきては、同僚が見ていようが患者がはやし立てようがお構いなしでド直球のアプローチをする。

同僚は当事者の香子を置いて盛り上がった。付き合ってあげなよという善意の口出しに抗う気概は徐々に失われ、一年ほどしてから付き合い始めた。

準夜勤上がりの真夜中にコール音ひとつで会いにいったり、得意でもないのに何時間もかけてお弁当を作ってあげたりするような情熱は、とっくの昔に置いてきてしまった。

だからこそ、なのかもしれない。

心が凪《な》いでいられる健吾との時間は、悪いものではなかった。

「――できた！　見てよたかちゃん、全面揃った」

健吾が顔を輝かせて立体パズルを突きだす。

「これって全面揃うものなんだね……」

「感想そこ？」

「はいはい。すごいよ、健吾」

清潔感のある短髪頭には、犬みたいにピンと立った三角の耳が見えるようだ。尻尾があるとしたら、ぱたぱたと振っているに違いない。

「さ、食べよ。お腹空《なかす》いた」

湯気の出なくなった皿を取りあげ、お肉を頬張る。ジューシーな食感に染みだす旨味《うまみ》、あっさりした出汁《だし》のハーモニーが最高で、頬が緩む。ビールにも合う。

ところが健吾は鍋に手をつけない。

「ねえ、たかちゃん」

健吾が手元のパズルに目を落とし、また顔を上げる。やけに真剣な顔があった。

「おれたち、そろそろ籍を入れてもいいんじゃないかな」

白菜を食べようとした箸が止まった。ぽた、と出汁が取り皿に落ち、香子は急いで白菜を口に入れる。はふ、はふ、と冷ましながら涙目で白菜を咀嚼《そしゃく》するあいだ、健吾はいつもみたいに笑わなかった。

「年末に帰省したときに、たかちゃんの話になってさ。一度連れてきなさいってせっつかれたんだ。おれたちもそろそろいい歳《とし》だし、人生のパズルも全面揃えようよ、これみたいにさ」

健吾が、完成した立体パズルを顔の前にかざす。

「……健吾、具が冷めちゃうよ」

「あれ、うまいこと言ったと思ったんだけどな。おれたちもう一年になるよ？　結婚しても、こんな感じでやっていけると思うんだよね」

「……健吾は、私と結婚したいと思ってたの？」

声が強張《こわば》った。

「もちろんだよ。たかちゃんが好きだもん」

「だもん、って言われても……」

そういうところが子どもっぽいと思われるところよ、とは言えなかった。健吾の目がみるみる見開かれていく。

今にも泣きそうだと思ったが、健吾は泣きはせずに香子ににじり寄った。

「ごめん、早まった？　別に今すぐじゃなくても、ぜんぜんいいんだ。仕事も辞めろとは言わないし、子どもだってまだ考えられないなら先でもいいんだ。だから、まずは同棲からでも」

「……健吾、別れよっか」

意識するより早く、その言葉は自然に漏れた。

「たかちゃん!?　おれのこと嫌いになった？」

「そうじゃないけど……健吾、離れて」

肩を揺さぶられても抱きしめられても、気持ちは揺れなかった。

「健吾、離れて」

「嫌だ」

健吾にますます強く抱きしめられる。けれど頭は妙に冴《さ》えていて、嫌いだと言えばよかったなどと思う。

一緒にいて疲れないし、居心地も悪くない。だけどこの先も一緒に生きていくなんて、正直なところ考えもしなかった。

「たかちゃんがまだ考えられないっていうなら、いくらでも待つから」

――私も、待ってるの。

もうずっと、健吾と過ごし始める前から待っているのだという言葉を、香子はのみこむ。

「お願い、たかちゃん。別れたくないよ」

抱きしめられた腕のなかで身をよじると、健吾がすごすごと自分の場所に戻る。

ビールに口をつけると、喉越しを堪能《たんのう》するにはぬるくなったそれが、苦みだけを口の中に残す。

「じゃあ」とぽつりと言うと、健吾が身を固くした。

「……さっきのは聞かなかったことにさせて」

健吾がかすかに顔を歪《ゆが》めて「いいよ」と笑う。その手にあったパズルの色は、いつのまにか不揃《ふぞろ》いになっていた。

＊

一歩外に出れば蒸し暑さに顔をしかめたくなるほどの気候なのに、春先の冷たい風が頬を撫《な》でたかと思った。

かえでは、空になった香子の湯呑《ゆの》みにお茶を注ぐ。香子は、ぬるめのお茶をひと息に飲み干した。

「どうして消したいのか、お聞きしてもいいですか……?」

ふたりの気持ちの向く方向が違うのなら、プロポーズを断るのはしかたがないと思う。

部外者が立ち入る問題じゃない。

けれどかえでには、香子の話が消したいと願うほど辛《つら》い記憶にはどうしても思えなかった。

だって、香子が恋人について語るまなざしは、優しかった。

「あれから健吾は一度だって、プロポーズのことには触れない。これまでどおりよ。でもずっと、断ったときの健吾の顔が頭にちらついて離れないの。こんなの困る。卑怯《ひきょう》よ

……お願い、早く消して」

香子が浅い息を漏らす。思いつめた気配が伝わってきて、かえでは息をのんだ。

手袋を嵌《は》めた自分の手に視線が落ちかけ、すぐに逸《そ》らす。

記憶を抜いたあとの香子は、かえでを見る目を変えるだろう。気味悪がるか、あるいは作り話だと取り合わないか。

それどころか、苦情をぶつけられる可能性もある。なにしろ記憶を抜いた証拠が残らないのだ。もし蒼のように香子から「戻せ」と言われても、かえでにはどうすることもでき

ない。そんな感情を香子に抱かせてまで、引き受ける？

そもそも、見せると約束した蒼もいない。

「すみません。今日は立ち会いがいないので、どちらにせよ日を改めないと」

「お願い、なんとかならない？　約束まで、あともう少しだから。あと少しで、彼が来るの。今度こそ来てくれる」

「彼？　それに約束って」

返事はない。それでも、待つ相手は恋人とは別の男性だと察しがついた。かえでは、香子の視線から逃げるように目をつむる。

しかし助けを求められているなら、応えたいとも思う。

駅で出会った女性が最後に見せた笑顔が、かえでの脳裏をよぎる。あのときは女性が線路に飛びこむのを阻止するのに必死で、なにも考えられなかった。だけど今回は違う。自分で、決めないと。

かえではゆっくりまぶたを押しあげた。

「……わかりました」

かえでは立ちあがり、サイドボードの右側の引き出しから契約書とペンを取りだした。

香子に渡す。

香子は書類に目を走らせ、一拍置いてからペンを取る。「子」の字の横線が勢いよく引かれる。

　これでかえでも、あとには引けなくなった。

「これから、生谷さんと小指を絡ませます。消したい記憶を……プロポーズを頭に強く思い浮かべてください。その記憶を頭から追いだすイメージで。そうすれば、その記憶がわたしのほうに押し流されてきます」

　香子が緊張した顔でうなずく。かえでは続けた。

「すべて思い浮かべたら、心のなかで『これで終わり』と言ってみてください。そうしていただくと、流れが途切れやすいと思います。わたしは流れが途切れたら手を離します。そのあとは、生谷さんの頭にはもうその記憶は残りません」

　話したばかりなのに、消したい記憶をふたたび思い浮かべるのは苦痛だろう。思い出したくないからこそ、消したいのだから。

　でもそうしなければ、ほかの記憶まで濁流に巻きこまれるようにして流れこんでくる。「消したい」と強く望むものだけでなく「消えたらいいな」とうっすら願う程度の記憶、果ては消したいと願うほどでもない記憶まで、なんでも。

　抜く記憶はかえでの側では選べない。相手の手から離れるまで、記憶を抜き続けるだけだ。

「指先から、血が吸いこまるのに似た流れを感じると思います。意識がすべて持っていかれてしまうので、頭がぐらつくかもしれません。よければこちらを使ってくださいね」

膝に載せるようにとつけ加えてクッションを渡すと、香子は緊張した顔にわずかに笑みを乗せた。

「では、手を出していただけますか？　辛い記憶を取り除きますね」

「辛い……？」

香子の目が揺れる。テーブルに出した右手が固く握りしめられた。

その様子が気になったものの、かえではひとまず右手の手袋を外す。

力は左右どちらの手でも発動する。触れる先も肌であればいい。実際、首筋に触れて記憶を抜いたこともあった。ただ、そこまで香子に説明するつもりはない。

香子が拳を開く。爪が短く切りそろえられた、日ごろ患者の手に何度となく触れているであろう手だ。

その手のひらに爪の痕がくっきりと残るのを見て、かえでは思わず口を開いた。

「生谷さんなら、必ず幸せになれます。だって、こんな得体の知れない商売を掲げる相手に、ご自身の心を預けると決めてくださったんですから。決めるまではきっとすごく怖かったでしょうし、迷われたんじゃないですか？」

返事はなかったのが肯定の証《あかし》だろう。

かえでは身を乗りだした。

「それだけ大事で、守りたいお気持ちがあるんですよね。だから生谷さんの気持ちを……わたしも一緒に、守ります」

そのときだった。それまで張りつめていた香子の表情が、支えを失ったかのように歪んだ。

「生谷さん……？」

かえでの声に、香子がけげんそうに首をかしげる。その頰を涙が伝っていた。

気まずそうに目を伏せた香子に箱ティッシュを差しだし、かえではキッチンに下がった。なにが起きたのか、かえでにはわからなかった。とっさに席を外したのは、初対面の人間の前では泣くに泣けないかと思ったからだ。

居間に戻ったとき、香子の目元はほんのり赤かったが、もう泣いてはいなかった。新しいお茶を淹《い》れると、ありがとうと小さく口にする。かえでは香子の正面に座り直した。

「落ち着かれましたか？」

「うん。驚かせてごめんね。……っていうか、私もびっくりした」

自分のことをオープンにしたあとだからか、香子の口調はいくらか砕けている。

「でも、やっとわかった」

香子はそれ以上は言わずにお茶に口をつけると、湯気の立つ湯呑みを両手で包むようにして持った。

訊《き》き返す前に、その手がかえでの前に差しだされる。

「かえでさん。あらためて、お願いします」

かえではすぐに返事ができなかった。さっきと違って、もう拳は固められていないとはいえ、泣くほどのなにかがあったのに大丈夫なのか。

かえでが逡巡《しゅんじゅん》すると、香子がさらに手を伸ばした。

「抜いてほしいの。時間が経《た》てば笑って思い出せるのかもしれないけれど、それまでに健吾が痛そうに笑う顔をまた見るのは……嫌だから。私、幸せになれるんでしょう？」

香子のまなざしに力がこもった。

「……はい！　わかりました。始めますね」

香子は手を引かなかった。かえでは香子の小指に、自分のそれを絡める。ピリ、と指先が痺《しび》れる。

繋《つな》がった合図だ。

ぬるま湯に浸《つ》かるような心地よい熱が広がる。

中身がどんなものであれ、かえでの元に流れこむ記憶は、どれも肌に馴染《なじ》む温度を持っている。悲しい記憶も、辛い記憶も。

それらは、かえでのなかで色とりどりの糸の形を取り始める。まばゆい朝日に似た色から、井戸の底を覗《のぞ》いたかのような色まで。

目がくらむうち、糸は縒《よ》り合わされ、この世のものとも思えない美しい織物を織りあげていく。

かえではそのすべてを、なすすべもなく眺める。

香子が抜いてほしいと願う記憶が、輪郭を持って立ち現れる。

「これ……？」

記憶の糸を引っ張られて眠りにつきかけた香子が、かすかに微笑《ほほえ》んだ気がした。

それは、香子が最初に依頼した「健吾からのプロポーズの記憶」ではなかった。

＊

「――二年間、中国支社に赴任することになった」

逸樹《いつき》の手の中でウィスキーグラスの酒がゆらりと回るのを、香子は呆然と見つめる。

古びた商業ビルの地下にあるふたりの行きつけのバーは、今夜も照明がほどよく落とされていた。ワイシャツの袖から伸びた逸樹の骨っぽい手が、カウンターの木目の上に色っぽい陰影を落としている。

「戻るまで、待っていてくれたら嬉《うれ》しい」

ついてきてほしい、でも、待っていてくれ、でもない。判断を香子に委ねて、そのくせ香子が待つのを確信している。その狡《ずる》さに気づいたのは、ずっとあとになってからだ。

逸樹が戻るころには香子は三十歳。

世の中がどれだけ晩婚化を謳《うた》おうとも、見えないボーダーラインの存在を意識せざるを得ない年齢だ。逸樹は三十六か。

唐突に、その手をつかみたい衝動に襲われた。嫌、行かないで。

思えば、このとき声に出して訴えればよかったのかもしれない。叫んで、決着をつけていれば。

「いつから……行くの？」

だがけっきょく、香子は引き留めずに平静を装った。

「来月一日付で着任する。来週には発《た》つ予定だよ」

「急すぎない？　準備だってあるのに」

五月も後半を過ぎている。今夜が、逸樹が出発する前の最後の夜になるのは間違いなかった。

喉の渇きを覚えて、目の前のモヒートに手を伸ばす。口に含めば、喉の奥から頭のてっぺんにまでつんとした清涼感が突き抜けた。頭まで痺れてしまえばいいと思う。

「うちの会社ではこんなものだよ。海外支社の駐在は出世コースなんだ」

香子が口を挟む余地はなかった。冗談めかして言うのがやっとだった。

「二年もなんて気が遠くなりそう。あなたが戻るころには、きっと周りから売れ残りって言われてるんだわ」

そうかな？　と逸樹が前を向いたままウィスキーグラスを傾ける。

「二年なんてあっというまだ。戻ったときには、真っ先に君のところにいくよ」

「……待ってる」

淡い照明に照らされて歪《ゆが》んだ香子の顔が、逸樹のグラスに映りこむ。そのときは、待てば報われるのだと信じていた。

＊

小指を離した香子は、ソファにもたれていた背を伸ばし、晴れやかな顔で伸びをした。

「すっきりした。デトックスってこういうことを言うのかも。かえでさんのおかげで、霧が晴れたみたい」

香子が消すと決めた記憶は、前の恋人との将来の約束だった。香子は健吾との時間を重ねながらも、別の男性が約束どおり迎えにくるのを待っていたのだ。

ふと、なにかが胸に引っかかった。

「香子さん、差し支えなければ……今おいくつでしょうか？」

「私？　今年で三十二歳になったわ」

かえでが見た記憶のなかで、香子は二年後は三十歳だと言っていなかったか。

「前の恋人とはその後……？」

約束そのものの記憶が消えた今、忘れると決めた理由を直接、尋ねるのは不可能だ。でも、なにがあったのか尋ねずにはいられなかった。

「彼？　ああ……去年の七夕だったかな、日勤明けが健吾の帰りと重なったときにね」

――食事、行きませんか。

健吾からいつになく緊張した面持ちで誘われた、と香子が続ける。

口実を作ってかわそうとしたが、同僚に焚きつけられた健吾は、なおも香子についてきた。いつなら食事行けますか、なんならお茶だけでもと食い下がる。

これだけつれなくしてもめげないなんて。どれだけメンタルが強いのかと呆《あき》れ半分に苦笑しつつ、香子が健吾を振り切ろうと歩調を速めたときだった。

「彼が赤ちゃんを抱いて、奥さんぽい女性と買い物をしてるところを見たの。とっくに日本に戻ってきてたんだ、って思ったっけ」

「それで……？」

「それでもなにも。健吾に、付き合おっかってその場で言ったわ。健吾のはしゃぎようには参っちゃった」

約束の時期は過ぎ、恋をした相手は来ないと、香子は頭のどこかで察していたのだ。記憶を抜いた今となっては、確かめるすべもない。

けれど捨てきれなかった感情はしこりになって、約束を思うたびに疼《うず》いたのではないか。周囲から新しい恋人との仲を善意で応援されれば、なおさら。

その執着ゆえに、香子は万が一を思って彼を待たずにはいられなかった。

鼻の奥がつんとして、かえではこみ上げるものを押し留《とど》めて目をつむる。

香子は自分で、前を向くことを選んだのだ。だからかえでも目を開けたときには、笑みを浮かべることができた。

「話を聞いて、私の気持ちを守ってくれて、ありがとうね」

かえではとんでもない、と首を横に振る。

「ううん、守ってくれたのよ。彼とのことは報われなかったけど……好きだった気持ちまでは不毛じゃなかった。そう思って初めて、この気持ちを誰かに受け止めてほしかったことに気づいたの。批判も非難もなしでね。案外、かえでさんが身近な相手じゃなかったから、よかったのかも」

過去から解放されて清々しそうな香子を見たとき、かえでの胸に、ふとある予感が生まれた。

「身近なひと……生谷さんの恋人も、受け止めておられたんじゃないでしょうか。ずっと生谷さんを見てこられたんですし、生谷さんがその気持ちを消化するのを、待っておられたのではないでしょうか？　なんて、わたしの想像ですけど」

一年近くそばにいれば、香子の悩みに気づいてもおかしくない。その上で、恋人は香子を見守っていた……そんな気がする。

香子の目が、なにかを探すように揺れた。

「……健吾がやってたパズル、あれ、健吾ってば色が不揃《ふぞろ》いのまま置いて帰っちゃったの。揃えてもらわないと、なんか気持ち悪くって。健吾に連絡してもいいと思う？」

「もちろんです！　すぐ会って、お話ししてください」

そうする、と笑った香子の頰に、もう涙の跡は見られなかった。

香子がなにか言っている。しかし、眠気に引きずりこまれてほとんど聞き取れない。

かえでの意識が、深く落ちていく。

「——あなたは、かえでさんのお知り合い？　よかった、救急車を呼ぶところだったの。かえでさん、急に倒れてしまって」

「神代といいます。この店の共同経営者みたいなものです。……かえでは心配要りません。処置後は眠くなるだけなので、あとは俺が引き受けます」

蒼がいつのまにか来ていたらしい。ごそごそと服を探る気配がする。やがて香子が「そう」と安堵《あんど》の声を漏らし、かえでもほっとする。蒼がいて助かった。

眠るのはまだ早いと思うものの、ふたりのやり取りに意識を寄せるのがせいいっぱいで、頭が持ちあがらない。

「処置後ってことは、私の記憶はかえでさんの中にあるのね」

「お返しはできませんが、かえでが取りだした記憶を見返すこともないと保証します」

「狐《きつね》につままれた気分って、こういう状態を言うのね。でも思いきって、お願いしてよかった」

香子が思い出したかのように笑うのが、空気のやわらぐ気配で感じられた。

「少しでもかえでさんの様子がおかしかったら、病院に連れていってあげてね」

物音とともに香子の気配がなくなる。

かえではいよいよ意識を手放そうとした、が。

「吉野さんから連絡を受けて来てみれば、すべて終わったあとか。おい、俺に断りもなしで依頼を受けたあげく、また勝手に寝る気か？」

横暴な声が意識をこじ開ける。まぶたを押しあげると、蒼の顔がドアップで映し出された。

「わっ、蒼さん」

「依頼人が『お願いしてよかった』って言ってたぞ」

かえでは寝ていたと思ったのか、蒼がさきほどの香子の言葉を繰り返す。

スーツ姿なので会社帰りだろう。蒼は、かえでの突っ伏したテーブルの向かいに腰を下ろす。かえでは手袋を嵌《は》めそびれていた手を、顔の前にかざした。

「わたしのほうが、生谷さんに受け止めてもらったんです」

かえでは眠気に抗《あらが》い、初めて目を逸《そ》らさずに自分の手を凝視した。

気のせいか、これまでと見えかたが違う。かえではまばたきをして、ふたたび自分の手に目を向ける。やっぱり。

目に入るたびに感じていた、針で刺すような痛みが、今日はこれまでより遠い。

無意識に口元がほころんで、かえでは重い頭を持ちあげる。蒼と目が合った。

「蒼さん、この前はすみませんでした。……あんな風に怒って帰ってしまって」

蒼がつかのま、記憶をふり返るように視線を泳がせた。

「こっちこそ無神経だった。悪い」

「仲直りしてくれますか？」

「いちいち訊くのか」

蒼が顔をしかめ、かえでは小さく笑う。つられて笑いかけた蒼が、ぐっと表情を引き締めた。

「次こそ抜くところを見せてもらうからな」

「あー……そうですか……」

「当然だ」

蒼を翻意させるのは簡単ではなさそうだ。

だがふしぎと前ほど反感は覚えない。かえではとうとう、眠気に覆《おお》い被《かぶ》されるまま目を閉じる。

最後に頭をよぎったのは、香子のやわらかな笑顔だ。恋人とうまくいくようにと願うのは、気が早いだろうか。

でも、そうであってほしいとかえでは心から祈った。

2. ワン・ノート

どちらを向いても霧がかかったようにほの白く、見渡す限りなにもない。

その空間をあてもなく歩きながら、かえでは昔をふり返る。

かえでは過去に蒼《そう》の記憶を三度、抜いた。

一度めは、かえでが祖母に預けられてまもない小学一年生のときに、偶然で。二度めは、中学に上がったときに、これも偶然だった。

三度めは中三の冬で、初めてかえでから手を触れた。そのときに初めて、かえでは強烈な眠気で倒れた。


昔の蒼は、今よりも無口だった。

幼いころを思い出すとき、最初に浮かぶのは黒のランドセルを背負った背中だ。

祖母の家は、小学校からもっとも遠い西の外れに位置する。だから、かえでの次に学校から遠い場所に自宅のある蒼が、毎朝迎えにきてくれた。祖母が蒼の母に頼んでいたと知ったのはあとからだ。

学校に着くまでには、道幅が細いわりに車の往来が多く危険な通りを渡る必要がある。当時、五年生だった蒼の存在は、祖母にとって安心材料になったのだと思う。

「決して、ほかのひとに触らないようにするんよ」

「はい、おばあさま。気をつけます」

かえではランドセルに体を潰されそうになりながら、すたすたと歩く蒼の背中を毎朝追いかけた。

とはいっても、懸命に足を動かしても蒼とは歩幅の差がある。だから、かえではよく転んだ。

ある日、転んだ拍子に手をついた場所が悪く、かえでは手のひらを石で切った。

皮膚がひりつき、脈打つ血は普段より鮮明に感じられたが、かえでは泣かなかった。それよりも、この血を流しきってしまえば、奇妙な力が消えるかもしれないと期待した。

いま思えばすり傷くらいで血が止まらないはずもないが、そのときは真剣にそう思った。

切った手のひらをぼんやりと見ていたかえでは、蒼の声にわれに返った。

「おい、手、血が出てる。砂もついてるぞ」

蒼の手が近づいたと思ったときにはもう遅かった。かえでは泣きながら、蒼の手を引き剝がした。

かえでが転んだ記憶は蒼から消え、かえでは涙を拭って学校へ行った。蒼は、「おまえがトロいせいで遅刻する」と文句を言っただけだった。

怪我《けが》をした手のひらは、蒼の目に触れないように強く握りこんだ。血の流れる手を見せても、唐突すぎて不審がられるだけだ。また手を取られても困る。

爪が傷口に食いこみ、血が手首まで流れて筋を作ったが、保健室にも行けない。もう二度と手には怪我をするまいと、かえでは幼心に決意した。

その日のうちに、祖母が白い綿の手袋を買ってきた。

「毎日これをしていきなさい。誰に言われても外さないようにするんよ」

それからは、常に手袋をした。

クラスメイトにからかわれ、手を見せろとつめ寄られても応じなかった。無理やり手袋を取ろうとした男子と、取っ組み合いの喧嘩だってした。けれどそのうち、クラスメイトは潮が引くようにかえでへの関心を失った。

その代わり、かえでは友だちの輪から外されるようになった。クラスメイトが休み時間に運動場で遊んでいるときも、かえではひとり教室にぽつねんと座っていた。

そんな毎日で唯一、蒼と登校するときだけはひとりではなかった。

蒼は、一度もかえでの手について尋ねなかった。そう気づいたのは、蒼と登校する日々が終わってからだった。

二度めは、かえでが公立中学に入学してまもない春だった。

どんな流れだったかはうろ覚えだが、大人たちの手によって、かえでと蒼は中学の正門横に並ばされ記念写真を撮った。撮ったのは祖母だ。

蒼はそのころかえでとは別の、有名中高一貫校に通っていた。かえでは、前にも増して不機嫌そうな学ラン姿の蒼に肩を縮めながら、隣に並んだ。

蒼にしてみれば、なにが悲しくて、母校でもない中学で写真を撮らされるのか、という気分だったと思う。しかも、家族でも恋人でもない相手と。

当時、蒼には恋人がいた。

珍しく用事があって外出した休日、ふたりが映画館に並んで入るところを見かけたことがある。恋人は蒼を「蒼くん」と呼んでいた。細面で儚《はかな》げな感じのする美人だった。

その恋人がある日、才宮《さいみや》家にやってきた。

「あなただけは嫌なの。蒼くんとふたりで会わないで」

きょとんとするかえでに、彼女は手にした写真を突きだした。

どうやって手に入れたのか、蒼との記念撮影の写真だった。写真の中で、かえでは蒼に寄りかかっていた。

実際には、肩に乗った虫に騒いだ弾みで蒼と近づいただけ。だが、納得してもらえなかった。

あとからきた蒼が、恋人を取りなした。

「かえではただの近所のガキだ」

「この子のこと、名前で呼んでるの？　どうして。私のことは苗字《みょうじ》なのに」

恋人はかえでの目の前で写真を破り、顔を覆って泣いた。蒼がなだめても逆効果だった。

彼女は蒼の手を振り払い、かえでにつかみかかった。

「やめてください……！」

抵抗したとき、手袋が外れかけた。かえでが青ざめるのを見てとるや、彼女は勢いづいた。蒼が割って入ったときには遅かった。

彼女に手袋を外され、素手をつかまれた。かえでたちを引き離そうとした蒼の手まで、触れてしまった。

触れる寸前に頭にあった、この喧嘩《けんか》の記憶。恋人からはほかに、かえでへの不快感がにじんだ記憶も抜けた。

それが、最初の二度について。

幼なじみだと胸を張って言えるほど親しくはなかったけれど、今はもうかえでしか知らない、蒼との思い出だ。

思い出が際限なくよみがえりかけ、かえでは足元の白砂をさく、さく、と鳴らしながらかぶりを振った。胸のいちばん奥にそれらを戻し、慎重に蓋《ふた》をする。

それからかえでは、ふたたびなにもない空間で歩みを進めた。

＊

面接の帰り道は、どうしたって足取りが重くなる。

かえでは会社の正面玄関を出ると同時に、ため息を漏らした。頭の中には、ついさっき交わしたばかりの面接官とのやり取りがエンドレスリピートで再生されている。

「あれはどう見ても微妙な反応だったよね……」

肺に黒々とした空気が詰まって、息を吸うのが苦しい。心が軋《きし》む音まで聞こえてくる前に、かえではスマホを取りだし、大学のキャリアアドバイザーへ面談予約を入れた。今後の対策を相談しよう。まだ大丈夫、まだ。

自分を鼓舞《こぶ》する意思とは反対に、かえでの足はいつのまにか帰り道から逸れ、市内を南北に流れる川沿いの遊歩道を歩いていた。

この川は昔から市のシンボルマーク的な存在で、川縁《かわべり》の遊歩道は人々の憩いの場所でもある。かえでも昔はよく祖母の好きな豆餅を買いに、祖母とこの道を歩いた。

春には河川敷の桜並木が競うように咲き乱れるが、今はあちらこちらで瑞々《みずみず》しい緑が弾《はじ》けている。

ふと思い立ち、かえでは向こう岸にある和菓子屋を目指して遊歩道脇の階段を下りる。川に据えられた飛び石を渡れば、近道できるのだ。

祖母が着物だったから、かえでは一度も飛び石を渡らせてもらえなかった。そんなことまで思い出しながら、飛び石に降りる。だが、すぐに後悔した。

リクルートスーツでは脚が開かない。ましてパンプスである。引き返そうとしたとき、対岸から男性が飛び石を軽々と進んでくるのが目に入った。

「蒼の彼女やん！　やっぱりなあ。そうやと思ったわ」

がっしりした体格に日に焼けた浅黒い顔。笑うと大きな口がますます大きくなる。野太い声で繰り出される関西弁には迫力がある。

かえでは焦って飛び石から川岸に戻ろうとしたが、いかんせん脚が開かなかった。

「わっ、あっ！」

川に落ちる、と思うと同時に、腕を引かれる。びしょ濡《ぬ》れになる事態は避けられ、かえではほっと息をついた。

「危ないやっちゃなあ」

「はあ……すみません、ありがとうございます。えっと、どなたでしょうか？」

言いながらかえでは慌てて手を引こうとしたが、男性は離す気配がない。ひくりと喉が引きつった。距離感が近い。

手袋があるとはいえ、気分は崖に追いつめられた犯人だ。触られるか、川に落ちるか。

「ああオレ、五葉《ごよう》ていうねん。透流《とおる》て呼んでくれてもいいで！　蒼の大学んときのダチで、今も大学生や！」

今も大学生、というパワーワードにぎょっとしたが、それよりも蒼の名前が出てきたのが意外で、かえでは手を引くのを一瞬忘れた。

「蒼って、神代《かみしろ》蒼さんですか？」

「そうや。蒼にこんなかわいらしい彼女ができたとは知らんかったなあ」

「彼女じゃありませんよ！」

全力で否定すると、五葉はやっとかえでの腕を離した。寄り道なんかしなければよかった。ひとがいないと思って油断した。

今さらながらに、手のひらに嫌な汗がじんわり浮かぶ。視線をさまよわせたかえでは、あれ、と五葉のうしろを指さした。

「五葉さん……でしたっけ。お背中のそれ、キーホルダーですか？　落ちそうですよ」

五葉の背負ったリュックから、キーホルダーが今にも千切れそうな状態で揺れている。

「なんやて！」

五葉が血相を変えてリュックを下ろすと、キーホルダーをはっしと握りしめた。

「危なかった……！　彼女ちゃんは恩人や」

「彼女じゃなくて、才宮かえでです」

「かえでちゃんかあ、いかにも恩人ぽい名前やん」

五葉は満面の笑みだが、反応に困る。かえでたちはとりあえず川縁の遊歩道へ戻った。

五葉がリュックに下げていたのは、ピンクの頭巾を被《かぶ》った、有名な白いうさぎのキャラクターをかたどったぬいぐるみだ。ファスナーに通していた紐《ひも》の部分がほつれ、切れかかっている。

「かわいい……ですね」

五葉の見た目とのギャップに戸惑いつつ言うと、五葉が「そやろ」とにかっと笑う。

色はくすんで白というより灰色うさぎだが、よほど大切なのだろう。でもよく見ると、耳の付け根の花も取れかけている。

「わたしでよければそれ、直しましょうか？　お花も取れかけてますし」

「なんやて!?　かえでちゃん大恩人やろ！　そんな徳を積んでどうするんや！　頼むわ。ほんま、ありがとなあ」

「わ、わかりました、じゃあしばらくお預かりしま」

「ほないこか」

「はい？」

言うなり肩を抱かれた。悲鳴が出かけたが、五葉はおかまいなしだ。

「はい？　やあらへん。かえでちゃん家《ち》や。善は急げていうやろ」

離れの居間の椅子に腰かけ、スーツ姿の蒼が腕を組んだ。その仕草だけでも見えない圧がかかるようで、かえではごくりと息をのむ。

家と言われて大いに焦ったかえでは、迷った末に五葉を祖母の家に案内した。

しかし蒼にも来てほしいと連絡を入れた結果、部屋には蒼の視線による冷気が漂っている。

その冷気が自分に向けられたものだと気づいているだろうに、ソファに腰かけた五葉は何食わぬ顔でお茶に口をつけると、風呂上がりに牛乳を飲んだひとみたいに豪快な笑顔を弾《はじ》けさせた。

「はあー！　茶うっま！　染みるわ。しかしほんまに蒼も来るとは思わんかったわ。仕事、暇なん？」

「留年中のお前と一緒にするな。客先帰りにしかたなく立ち寄っただけで、すぐ店に戻る」

「すみません、お時間を取らせてしまって」

「かえではなんでもかんでも謝る癖をどうにかしろ」

すみません、と頭を下げそうになり、かえでは口ごもった。呆《あき》れを通り越したのか、蒼は無表情に近い。

「お前もすぐ帰れ、五葉」

「いやオレ、かえでちゃんの客やし。キーホルダーも直してくれるし、豆餅食わしたるゆうてくれてん。超ええ子や」

蒼ににらまれ、かえでは反射的にかぶりを振る。

豆餅を買っていきたいと提案したのはかえでだが、五葉のためではなく祖母のためだ。とはいえけっきょくは五葉の分も買ったのだが。

その豆餅は、蒼を待つうちにとっくに五葉のお腹《なか》に収まった。五葉は胃袋も豪快だった。

かえでは祖母に借りた裁縫《さいほう》箱を開け、預かったキーホルダーをさっそく直しにかかる。

「そういえば五葉さん、ここをご存じだったんですか？」

祖母の家の最寄り駅を下りてからは、五葉のほうが先に立って歩いたのだ。かえでが道案内するまでもなかった。

かえでの疑問に答えたのは、五葉ではなく蒼である。

「この前、俺がここから帰るとき、お前のに似たチャリを見かけた。いたんだろ」

「ピンポーン。さすがやな、蒼。そうやねん、用があってこの辺に来とってな。そんときに見たんや。特賞として蒼の分の豆餅食べたるわ」

「勝手にひとのものを食うな」

「ぶははは。気が合うな、オレもそう思ったとこやった」

なにを言われても意に介さないマイペースさは、いっそ羨望を覚えるほどだ。

五葉の説明は関西弁でしかも早口だったので、すべて理解できたとはいえない。だが、次のような事情らしい。

五葉と蒼はおなじ経済学部で机を並べた仲だという。とはいうものの、五葉はほとんどの時間を自転車での放浪《ほうろう》の旅に費やしたため、取得した単位の数は十指で足りるほどしかなかったらしい。当然ながら蒼が先に卒業し、五葉は「寂しかってん」（と本人がそう言った。）

疎遠になったふたりだが、先日、五葉はここで蒼のものと思われる車を見つけた。霧のかかった森を思わせる珍しい色の車体といい、側面に走った傷の具合といい、「蒼が大学のときに中古で買ったやつやて、ひと目でわかったわ」（とこれも本人がそう言った。）

ところが旧交を温めるべく待ち伏せしていたら、通りがかった親子連れの女児のほうにキーホルダーを引っ張られる不運に遭い、「身の危険を感じて」退散した。

戻ったときには蒼の車はなかったが、代わりに「かえでちゃんが出てきたんや」という。

「なんか怪しい思てな、張っててん」

五葉は何度かここに来たらしい。

ところが蒼に会えず、どうしたものかと思っていた矢先に、かえでに出会った、ということらしかった。

「ひとつ訂正しておくが、変な詮索をするんじゃない。かえではただの知り合いだ」

蒼からすれば、かえでは幼なじみですらない。当然といえば当然だが、かえでは思わず目を伏せた。繕《つくろ》った部分の縫い目が、まるでかえでの気分を表すかのように歪《ゆが》んでいるのが目に入り、糸を解《ほど》く。やり直しだ。

「なんや、つまらんなあ。ほんま蒼はツレない男や。かえでちゃんも苦労してるんちゃう？　オレなんか、いまだに連絡先教えてもらえへんねんで。親友やのに！」

「お前に教えたら、夜中だろうがなんだろうが電話攻めにされる」

五葉は蒼の返事に堪《こた》えた様子もなく、蒼の分の豆餅をひょいと口に入れた。

塩対応の蒼も、五葉が相手ではペースを狂わされるみたいだ。

だが、言葉の端々から互いに気を許している様子がうかがえる。ふたりはいい友人なのだろう。

かえでは蒼たちの軽やかなやり取りを聞きながら、ぬいぐるみを繕う。ところが、糸の始末をしようと糸切りばさみを手にして顔をしかめた。錆《さ》びてしまったようで、糸が切れない。

「蒼さん、棚からはさみを取ってもらえますか？　手が離せなくて……」

「それくらい、オレがやったるわ！」

先に席を立った五葉が、サイドボードの引き出しを開ける。

「っと、間違うたわ。こっちやな」

五葉は開けかけた引き出しを閉め、はさみの仕舞われた段を開ける。横から蒼がはさみを取りあげ、かえでに渡した。

「ありがとうございます。……できましたよ、五葉さん」

糸の始末を終えたキーホルダーを五葉に差しだすと、五葉はぬいぐるみの部分を愛おしそうに撫《な》で胸に押し抱いた。

「ほんまに直っとるやん！　かえでちゃんは大大恩人やなあ、ありがとうやで！」

感激もあらわに抱きつこうとする五葉から、かえでがぎょっとして身を引くのと、蒼が五葉の腕を引っ張るのは同時だ。

「五葉、帰るぞ。旧交を温めるんだろ。お前の連絡先も教えろ」

「蒼！　やっとオレの思いをわかってくれたんかいな」

ふり向きざま五葉が今度は蒼に抱きつこうとしたが、蒼はひょいとかわす。

「じゃあな、かえで」

「また来るわかえでちゃん！　豆餅、常備しといてなあ」

渋面の蒼が、五葉になにか言い返しながら帰っていく。

おそらく「二度と来るな」とかそんなところだろう。想像して、かえではくすっと笑った。

蒼と五葉が帰ったあと、かえではスーツから普段着に着替え、珍しく市の中心地にある駅に来ていた。糸切りばさみを新調するためだ。

新幹線も停車する基幹駅は、梅雨の晴れ間のおかげもあってか、ひとでごった返している。デパートが直結し、さらにはファッションビルも並び立つ駅は、まさに中心地にふさわしい賑《にぎ》わいだ。

ファッションビル内の手芸用品店は、キャラクターとのコラボ製品を目当てにした客で混雑しており、会計をするのに何人も待たなければならなかった。

それでもなんとか糸切りばさみのほか、出がけに祖母に言いつけられた布や糸も購入すれば、早くもどっと疲れがやってきた。

人混みからはさっさと帰るに限る。手袋はしても気を抜けない。

白い手袋と、手袋を少しでも馴染《なじ》ませるためのオフホワイトのカットソー。チュールスカートとバレエシューズに合わせて身につけたそれらは、かえでにとっては鉄板の組み合わせであり防護服だが、あれば大丈夫だという認識は甘い。キャラメルソースを増し増しにしてかけたホイップクリーム並みに甘いといってもいい。

かえでには、すれ違いざまに手袋を外された経験がある。

そのとき手袋を引っ張ったのは、飼い主と散歩中の犬だった。焦った飼い主が犬から取りあげた手袋をかえでに返そうと手を出すものだから、かえでは脱兎《だっと》のごとく逃げ帰った。危険はどこにでも潜んでいる。

かえでは海を漂う藻屑《もくず》さながら改札を目指し、広いコンコースの中央へと流されていく。

ふいに、喧騒《けんそう》の合間からこの場には異質な、澄んだ響きが耳に届いた。

コンコースの向こう、土産物屋がひしめくあいだの展示スペースに、グランドピアノが見える。音はそこから響いていた。

いわゆるストリートピアノという、誰でも自由に弾けるやつらしい。その周りに人だかりができている。

普段のかえでなら、決してひとの集まる場所には寄りつかない。けれど、あまりに澄んだ音に耳が囚《とら》われ、吸い寄せられるように足が向いた。

「わぁ……」

水底まで見えるほど透明な水の流れ。

かえでの脳裏に最初に浮かんだイメージはそれだった。水底を覗《のぞ》けば、川魚が背を銀色に光らせて泳いでいるような。

誰もが、その透明で今にも弾《はじ》けそうな音に聞き入っていた。

曲が終わり、奏者が立ちあがる。色素の薄いやわらかそうな髪がふわりと揺れる。

中学生だろうか。ダボッとしたカーキのカーゴパンツと、黒のフード付きスウェットに身を包んでいる。いわゆるストリート系のファッションだ。吊《つ》りあがり気味の目が生意気そうな少年だが、頭を下げて挨拶をする姿は物馴れていた。

歓声が上がり、集まった人々が手を叩《たた》く。かえでもそのひとりだ。

「すごーい！　めちゃくちゃ早っ」

「もう一曲弾いて！」

さながらミニコンサートの様相だ。興奮した観客に押しだされ、手を庇いながら隙間に逃げるうち、かえではいつのまにか最前列に押しだされてしまった。

ピアノ男子は小さく息をつくと、今度は息をひそめるようにして両手を鍵盤に置く。一瞬、ぴりっとした緊張感が立ちのぼる。

やがて跳ねるような、それでいて優しく包むような、誰もが知るだろうメロディーが奏でられた。

「きらきら星だ！」

母親に抱っこされた幼児が、誰よりも早くそう口走る。

親しみのあるメロディーが終わると思いきや、きらきら星は終わらない。最初のメロディーが、次々にアレンジを変えながら速いテンポで繰り返されていく。

大きな手が鍵盤を縦横無尽に動き回る。音の滴《しずく》が雨のように降り注ぐ。降り止んだあとには虹がかかりそうな、優しい色のついた雨だ。

しかし、ピアノ男子のこめかみには汗が浮いていた。呼吸も心なしか荒い。

少しゆったりとした曲調のアレンジを最後に、ピアノ男子は眉をいっそう寄せると手を離した。歓声が上がり、もう一曲！　のリクエストがふたたび飛ぶ。

ところが。ピアノ男子は観客をにらんだかと思うと、またたくまに立ち去ってしまった。

「え……なにあれ」

周りもかえでも、あっけにとられた。気まずい沈黙を共有したのち、ひとり、またひとりとピアノから離れる。

だが、かえでにはなにかが引っかかった。

少年はきらきら星の演奏のときだけ、苦しそうだった。

自分でもなぜそうしたのか、説明がつかない。これまでのかえでなら、見知らぬ誰かに進んで関わろうだなんて、まずやらない行為だ。

それなのに、かえでは気づけば息を切らしてコンコースを抜け、私鉄乗り入れの駅へと続く大階段を駆け下りていた。

カーゴパンツのポケットに両手を突っこんで進む男子を、目の端に捉える。かえでは残りの力をふり絞り、少年に追いついた。

「あの！　さっきピアノを弾いてましたよね！」

ピアノ男子がふり返る。かえではぜいぜいと肩で息をした。声はかけたものの、その先をどうすればいいのか。

案の定、ピアノ男子の目は驚きから不審へと変化していく。

かえでは焦りつつ、キャンバス地のトートバッグからハンカチを取りだした。

「よければ使ってください。その……さっき、すごく綺麗《きれい》な音だと思って……でも、お辛《つら》そうだったから」

苦しそうな表情を無視できなかったのだ、とかえでは自分の言葉で気づいた。これまで出会った人々の表情と重なったら、そのままにしておけなかった。

しかしピアノ男子は、みるみる表情を険しくした。

「あんなクソみたいな演奏が綺麗って、耳おかしいんじゃねえの？」

取りつくしまもなく、ピアノ男子は背を向ける。でも、その顔がまた苦しげに歪むのに気づいてしまったから、かえでは放っておけなかった。

がらがらと音を立てて格子戸を引くと、うしろで渚《なぎさ》が声にならない驚きを漏らした。

家の外観を目にしたときから、渚はずっとこんな調子だ。駅でかえでが引き留めた、例のピアノ男子である。

離れはかえでが自由に使えるが、今日は母屋に用がある。事前に連絡してあったので、早苗《さなえ》がすぐに出迎えた。

「かえでさん！　最近は来てくださる機会が増えて、吉野《よしの》さんもお喜びですよ。さあ、さあ、どうぞ」

早苗が祖母を呼びにいく。渚がかえでに耳打ちした。

「かえでサン、ガチでここなわけ？」

「はい。ちゃんとピアノはありますよ。心配しないでください」

「そこじゃねえ。かえでサン、やべえ」

駅での態度が嘘《うそ》のように、渚が肩を縮めて「やべえ」を連発する。

といっても、かえでも祖母の家の、特に母屋の敷居をまたぐときは緊張するので、渚の気持ちは理解できる。

敷地を囲う塀の端は遠く、門をくぐっても玄関まで自転車に乗りたくなる。平屋建ての立派な和風建築は、文化遺産もかくやと思う迫力がある。

静謐《せいひつ》な佇《たたず》まいの広い庭も、自由に走り回れる雰囲気ではなかった。

幼いころは、母屋を囲んで植えられた竹林の、風にそよぐ音にびくびくしたものだ。かえでが昔を思い出していると、祖母が奥から現れた。

「その子が、電話で話してた子ね？　かえで、部屋はわかる？　自由に使って」

「藤室《ふじむろ》渚っす。中三っす。よろしくっす」

口調こそぞんざいだが、渚がていねいなお辞儀をする。かえでは渚とともに母屋に上がると、応接間のさらに奥へ渚を案内した。

これから、渚にピアノを弾いてもらうのだ。


廊下を奥に進んだ突き当たり左手が、母が昔使っていたというピアノの置かれた和室だ。

渚はグランドピアノに近づくと、蓋《ふた》を開けて優しく指を置く。丸みを帯びた音が、かえでの耳をくすぐる。

「サイコーかよ。かえでサン、お嬢か。そういやおれにも敬語だもんな」

「いえ、それはタメ口で話す友人もいないからで。渚くんとは今日が初対面ですし」

「かえでサン、ぼっちか」

「すみません」

「謝る必要なくね？　おれも似たようなもん。放課後はずっと練習で、部活も入ってねえし。つうか、学校あんま行ってねえ」

渚がそわそわした様子で椅子に腰を下ろし、ペダルに足を置く。その表情は、自分で自分を傷つけるみたいな発言をしたときより、いくらかやわらかい。

『おれが辛いだの泣きそうだの、うぜえ。そんなに言うなら、このクソ演奏をあんたがなんとかしろよ』

駅でかえでが食い下がったとき、渚はそう言った。だからかえではまずはもう一度、渚に演奏してもらうために連れてきたのだ。

渚が指を閃《ひらめ》かせると、たちまち音が鍵盤からあふれだした。駅前で聴いたのとおなじ、きらきら星だ。正確にはきらきら星変奏曲というらしい。

ぽん、ぽん、と澄んだ春の小川みたいな音から始まって、ゆったりした午後の陽《ひ》だまりを思わせる変奏へ、次は打って変わって物悲しい調べへと目まぐるしく変わっていく。やがて曲は終盤に差しかかる。しっとりと落ちついた流れで締められ――。

「……？」

駅前で聞いたパートが終わっても、手は鍵盤から離れなかった。物語でいえばこれこそ大団円のクライマックスといった、ドラマティックな展開が続き、かえでは息をのむ。目に留まらぬ速さで指が回る。

しかし、やっぱり渚の様子がおかしい。顔が強張《こわば》り、こめかみに汗が浮いている。ふつうの緊張で説明できるレベルじゃない気がする。

渚の右手が鍵盤に引っかかった。

ピンと空気が張りつめた。渚が毒づき、手を止めてかえでをふり向く。唇が青ざめていた。

「これ。ここで毎回つまずく。これじゃだめなんだよ。これが弾けなきゃ、終わりなんだよ！」

渚が鍵盤に拳を叩きつけかけ、寸前で止める。拳が震えていた。

「……この音だけ、消せたらいいのに」

その顔は、ストリートピアノで最後の変奏を弾かずに立ちあがったときと、おなじだった。

渚は、まもなく開催されるピアノコンクールに出場予定だという。

地区予選、本選は突破済みで、来週末がいよいよ全国大会。東京で開催されるため、渚は来週には東京入りする。

きらきら星変奏曲として親しまれるこの曲は、原題は「12 Variationen über ein französisches Lied "Ah, vous dirai-je, maman"」というのだと、渚はネイティブさながらの発音で原題をそらんじた。

「タイトルどおり、変奏が十二個あるんだけどよ……最後の変奏でミスる。それも毎回おなじとこで。練習してんのに直らねえ。当日の演奏曲として登録したあとだから、今さらほかの曲に変更できねえし……もう後がねえのに」

「後がないってどういう……残るは全国大会だけなんですよね？」

トーナメント制なら、後がないという意味もわかるけれど。

「このコンクールで入賞できなかったら、親にピアノをやめろって言われてる」

合点《がてん》がいった。

渚は音楽高校への進学を希望している。音楽高校とは文字どおり、音楽の専門教育を受けられる高校だ。

渚の希望する学校は、現役の演奏家や音大、芸大の教授による授業を受けられるとあって、プロの演奏家を目指す人間にとって非常に魅力的な進路だとか。

しかし渚の両親は、音楽高校への進学に反対している。

プロになれるのは一握りの人間だけ。そんな世界で音高に通っても、金と時間をドブに捨てるだけだ、と。

渚が椅子を下り、畳《たたみ》の上に大の字で寝そべる。

「いつまでも夢を見ていられると思うなってよ。うぜーよ！」

だから渚はコンクールで必ず入賞すると決意し、練習に練習を重ねた。ところが、コンクールの日が近づくにつれて、ミスするようになったのだ。

それも決まっておなじ、あと数小節で終わりという箇所で、である。

「このままじゃ、入賞なんてできねえよ。やめさせられるじゃん……」

渚が背を丸める。

「だから……ミスすると思ったから、駅では最後の変奏を弾かなかったんですか？」

「んだよ。悪いかよ」

かえでは渚の横に膝をついた。

「いえ、わたしも失敗ばかりで……いつも怖いので。他人事《ひとごと》には思えなくて」

特に就活においては、まだ一件も成功していない。つい先日だって、手持ちのカードが一枚減ったばかりだ。

種類は違えど、かえでには渚がピアノの前で感じただろう不安が理解できた。

「あそこでなら弾けるかと思ったんだ。ステージじゃねえから、最後まで弾けるかもって。けど、やっぱ手が強張ってきて……そんな変わんねえもんだな」

仰のいて右手をかざす様子は、どこか投げやりだ。

かえではじっと渚の右手を見る。ピアノを弾くのにはうってつけの、大きな手。その手から、弾《はじ》けるような音の粒が生まれていた。

癇癪《かんしゃく》を起こしても、渚は鍵盤を叩《たた》きつける寸前で手を止めていた。ピアノを心から好きなのが、その仕草だけでも伝わってきた。

手袋をした右手をぐっと握りこむ。

触れては誰かを傷つけてきた手は、渚の手が生み出すものとはあまりにも性質が違う。気味悪がらせるかもしれない。怖がらせるだけかもしれない。あるいは正気を疑うか、笑い飛ばすだろうか。香子を前にして感じたのと同様の不安が、頭をもたげる。

でも、もしかしたら。

香子みたいに、渚の憂いも晴れるかもしれない。間違えずに、最後まで弾ききることができるのではないか。

一音のミスを取り除くだけ。それでいいなら、役に立てるかもしれない。

かえでは思いきって、膝を進めた。

「もしかしたら……もしかしたら、ですけど。お手伝い……できるかもしれません」


蒼に電話したが、繋《つな》がらなかった。これで三度めだ。折り返し電話がほしいと留守電にメッセージを残し、かえでは電話を切る。

約束のことがあるので、蒼に立ち会ってもらわなければならないが、渚に提案してからすでに一時間が経《た》っている。

五葉と話したとき仕事に戻ると言っていたから、出られないのもしかたない。とはいえ、渚の表情を見たら申し訳なさで心臓が縮んだ。

「……すみません、後日に改めてもいいですか？」

「は？　ふざけてんのかよ」

「ふざけてないです……！　ちゃんとやりますけど、立会人がまだ来られないみたいで」

「こっちは早いとこなんとかしてほしいんだけど」

「もちろん、わたしもそのつもりで」

言い終わる前に渚の鋭い声が被《かぶ》さった。

「じゃあ今すぐやってくれよ。コンクールまで時間ねえんだよ。今日もレッスンが待ってるし。それとも……ああそうか、からかわれたのかおれ。手が込んでんな」

渚は椅子から立ちあがり、座卓に置いていたサイン済みの同意書を破いた。かえでは目をみはる。

「こっちが参ってんのを見て嗤《わら》ってたんだろ。満足したかよ？　くそっ、なんなんだよ、信じそうになったおれが馬鹿じゃん。最初から声なんかかけんなよ」

紙片が部屋を舞う。渚はピアノの蓋を閉め、帰り支度を始めた。

「待って！　最後まで弾けるようになってほしい気持ちは、嘘《うそ》じゃないんです」

「口だけのくせに、うぜえんだよ」

かえでは思いきって手袋を外した。

「わかりました。……失礼します。座ってください」

ふり向いた渚が、出ていきかけた足を止める。

否《いや》が応でも心臓が早鐘を打った。渚はしばらくかえでから視線を外さなかったが、やがて乱暴な仕草で畳にあぐらをかいた。

「渚くん、あなたが繰り返す一音のミスの記憶を抜きます。頭の内側でぬるいお湯が流れるような、引っ張られるような感覚があると思います」

かえでが提案した上に引き留めたのだから、前金は請求しない。だがそれ以前に、かえでは今も、この力にお金を取るほどの価値を見出《みいだ》せずにいる。香子のときも、けっきょく言いだせなかった。あるいは、蒼がお金を受け取ったのかもしれないが。

蒼に見せずに力を使う罪悪感が、胸をよぎる。一方で、安堵《あんど》する気持ちがないとは言えなかった。見せたときの蒼の反応を想像すると、胸がぎゅうっとなる。

『くそっ、知るかよ！　こんなの、知りたくなかったんだよ……ッ』

低く押し殺した声がよみがえる。かえでは首を横に振った。

渚が緊張した面持ちで座卓に右手を出す。かえでは小指を絡めた。

始まりの合図は、かすかな痺《しび》れ。

それから小指の芯がじわりと熱を帯びていく。

小指から、体の内側へお湯が流れこむのに似た感覚に身を任せる。

渚の頭が揺れて座卓に衝突する直前、かえでは座布団を滑りこませた。なんとか渚の頭をキャッチして息をつき、かえでも目をつむる。

渚の記憶が小指から全身を巡り、頭へと到達する。

極彩色の糸が広がる。

他人の記憶という異物が混入し、頭がざわざわと騒ぐ。

やがて、見えてくる。

＊

指がピン、と鍵盤に弾かれるような高い音が頭に響く。何度も、何度も。

それとともに、舌打ちをする渚の歪《ゆが》んだ顔が鮮明になる。

渚の自宅だろうか。ピアノの前で、きらきら星が最後の変奏をすべて演奏できないまま中断される。五回、六回、十回、二十回、……五十回。

いったい一日でどれだけの時間を練習に費やすのかと思うほど、きらきら星が繰り返される。

そのどれも、おなじ音で止まった。毎日、毎日、その繰り返し。

ミスをした一音だけなら、ほんの一瞬に過ぎない記憶の糸だ。なのに、糸は両手でもつかみきれないほど大量に現れる。

渚の表情はますます歪み、悲愴感を増していく。

駅や、かえでの前での悪態なんて序の口で、自身への罵倒《ばとう》や呪詛《じゅそ》めいた呻《うめ》きは、見ているかえでまで押し潰されそうになる。

けれど、この糸を抜きさえすれば、渚の頭の内から失敗の記憶は消える。

記憶さえなければ、間違えることもないだろう。

かえでは急《せ》きたてられるようにして、記憶の糸束を引き抜いた。

＊

渚と別れて自宅マンションに戻ると、蒼が建物前の植えこみにもたれるようにしてスマホをいじっていた。

黒のサマーニットにカーキ色のチノパンという、カジュアルだがきちんとした感じのある組み合わせが似合っている。店から一度帰宅して来たのだろうか。

蒼には、祖母の家へ来る必要はなくなった、とメッセージを残してあった。

「遅かったな」

「……ただいま戻りました」

蒼の目を見られず、かえでは肩に提げたバッグの取っ手を握りしめる。

「失敗したんだってな。吉野さんから電話があった」

「……はい」

頭がぐらつき、たたらを踏む。祖母の家でひと眠りはしたけれど、まだ頭が重い。そう感じるのは、くすぶった眠気のせいばかりではないことくらい、わかっていた。

渚は一音の記憶を消したあとも、おなじ箇所で弾き間違えた。

記憶を抜かれた当人は、「初めてのミス」に舌打ちしただけだった。しかしその後もミスは繰り返された。焦りが増す顔を目の当たりにして、かえでは首を真綿で絞められた心地だった。

渚の努力もなにもかも、台無しにした。

『なんだよ！　弾けねえじゃん！　あんたの言うとおりにすりゃできるっていうから、そのとおりにしたのに、悪くなってんじゃん！』

かえでが抜いたのはミスをした音の記憶だ。練習を重ねてきた記憶や、最終変奏を弾かずに立ちあがったストリートピアノの演奏は、渚のなかに残っている。

これまでのミスの記憶がなくなった分、渚にしてみれば事態が悪化したとしか思えないのは当然だった。

『責任取って、あいつの記憶を抜いてこいよ！』

渚は名前を挙げて、その人物の記憶を抜けとまくし立てた。コンクールに出場予定の演奏者らしい。それはできないと首を横に振れば、ますます激昂《げきこう》した。

『あんたおれの味方じゃないのかよ！　おれ、後がないっつったよな？　弾けなくなったらどうしてくれんだよ！　あんたのせいじゃねーか！』

かえでは渚の姿に自分を重ねていた。かえで自身も失敗続きだから、渚にはなんとかうまくいってほしかったのだ。

そのせいで勇み足になっていた。

依頼を受けて記憶を抜いた経験があったのも、気が逸《はや》った理由だった。自分が手を貸せば変われるはずと、頭のどこかで思っていたのを否定できない。

しかし実際には、夢の後押しどころか渚の足を引っ張っただけだった。

嗚咽《おえつ》が漏れそうになるのをこらえ、かえではバッグを顔に押し当ててうつむく。

「……蒼さん、お願いがあります。このあいだの弁償の話ですが、別の形にさせてもらえませんか？　わたしにはやっぱりお店なんてできません」

「弁償？」

「わたしは蒼さんの記憶を元に戻せません。それどころか、お役に立つために記憶を抜こうとしても、けっきょく失敗しました。だから……蒼さん？　ちょ、え？」

つかつかと近づいてきた蒼が、だしぬけにかえでのバッグを引っ張る。抗議しようと口を開きかけたとき、蒼にスマホを突きだされた。

「これ……って」

見せられた画面にぽかんとすると、歩きかけた蒼がふり向く。

「行くぞ」

かえではハッとして、小走りで蒼を追いかけた。

かえでの説明を聞いた蒼の意見は、トラウマによるものだろうというものだった。

「一度のミスがトラウマになり、ミスの許されないステージで、よけいな不安をかき立てる。度が過ぎれば、体が震えたり汗を大量にかいたりする。そのせいで、またミスをする。トラウマがトラウマを生んで悪循環が起きているんじゃないか」

演奏中の渚の様子が緊張によるものにしては異常だったのを、かえでは思い返した。

「わたしもそうかと思ったんですけど……でも、ミスをした記憶は最初の一回も含めてぜんぶ抜いたんです」

ミスがトラウマに繋《つな》がったのなら、一度めのミスさえなければ、その後のミスも生まれないはずだ。

「考えられるのは、ミスを生む明確なきっかけがあったということだな。そのきっかけの記憶を抜けば、ミスもなくなる可能性がある」

「きっかけですか……」

「なんかないのか？」

「うーん、わからないです」

電車を降り、駅から渚の通う中学までの道を歩きながら、かえでは首を横に振る。

「記憶を覗《のぞ》けばわかるだろ。抜くくらいなら、覗くのは簡単じゃないのか？」

「わたしが見られるのは、触れた相手が思い浮かべた記憶だけです。自由に覗けるわけじゃないですし、見ると同時に記憶を抜いてしまいます。それに、たとえなんでも見れるとしても、ひとの記憶なんて覗きたくありません。いいものばかりじゃないですし」

蒼から記憶を抜いたときもそうだった、と思い出して唇を噛《か》む。足を止めると、蒼も立ち止まった。

「悪い、また無神経だった」

「いえ、蒼さんは知らないんですから、当然です」

むしろ、知ろうとしてくれるのを嬉《うれ》しいと思う。蒼が信じるかどうかは別として、気味悪がられずにいることは救いだった。

「ひょっとして中学に連れてきたのは、わたしに渚くんの記憶を覗かせるためですか？」

かえでは渚の連絡先を聞きそびれたのだが、蒼はかえでから話を聞くと、すぐさま過去のコンクールの入賞者一覧を調べ、渚の通う中学校を割りだしていた。

さっき見せられたのは、渚の名前と学校名の掲載されたページだ。

「それもあった。悪い」

「それも？」

蒼がかえでのバッグに目をやる。その視線を追いかけ、かえでは口元に手を当てた。バッグの中身が見えていたのか。

「就活中によけいなことをしてる暇はないんじゃないのか？　金も取らなかった相手だろ。俺なら放っておく」

祖母の家から帰る途中、かえでは書店に立ち寄り、渚を助けるヒントを求めて本を買いこんだのだった。楽譜に教本、音楽理論から心理学の本まで。

就活関連のハウツー本も買わずにはいられなかったのは余談だが。

「つまりはそれだけ、そいつのことが気にかかってるんだろ」

「……はい」

「だからだ。本人と話したほうが早い。いつまでも引きずれば、それこそ就活にも影響するだろ」

蒼が大股になった。てっきり呆れられるものと身構えていたので、肩透かしだ。だが、しだいになんともいえないむず痒《がゆ》さが胸を広がっていく。

かえでは小走りで蒼を追いかけた。

「はい！　あ、でも」

目指す中学が見えてくる。ふり返った蒼の横顔を、夕日が名残惜しそうにほの明るく染めた。

「時間的に今日はもう遅くないですか？　というか、いま気づいたんですけど、今日は土曜日……」

「あー……くそ」

蒼がしまったとばかりに顔をしかめる。万事に抜けのない蒼にしては意外で、かえでは口元がほころぶのを抑えきれなかった。


念のため、かえでたちは校門から中をうかがったり、歩道に面したフェンス越しにグラウンドを覗いたりした。

しかし運動部の生徒が部活をするのが見えるだけで、渚は見つからなかった。

「もっと早く気づけばよかったですね、すみません」

肩をすくめるかえでに、蒼は眉を寄せた。

「なんでかえでが謝る」

「すみま……いえ、連れだしてくださって、ありがとうございます。おかげでやる気が出ました」

蒼はそれきり帰り道でもほとんど無言だったが、かえでの足取りは自分でも驚くほど軽かった。

週が明けた月曜日、かえでは就活の帰りにひとりで渚の通う中学へ出直した。蒼は会社だ。そう何度も連れ回せない。

かえではもはや制服と化したリクルートスーツのジャケットを脱ぎ、渚が校門から出るのをそれとなく待ち伏せる。

東京入り直前でもあり、渚は登校していないかもしれない。そう思ったが、かえではほどなく下校する生徒の波に、目の覚めるような紺青のブレザーを着崩した渚を見つけた。

「渚くん！」

ふり返った渚が、かえでと目が合うなり逃げるように足を速める。かえでは小走りに追いかけた。

「待って、少しだけでも話をさせてください」

「あんたと話なんかねえよ！　顔見せんな！」

渚が大股で引き返してくる。ほっとしたのもつかのま、かえでは渚に突き飛ばされ尻餅をついた。

「あ……っ」

ショルダーバッグの中身が地面に散らばる。渚はそれらには目もくれずに行ってしまった。

渚とおなじ中学の生徒らが通り過ぎるなか、かえでは散らばったものをのろのろと拾い集める。きらきら星変奏曲の楽譜や買い求めたばかりの本、印刷したエントリーシート、面接用に志望動機や自己アピールをまとめたもの。ペンケースにメイクポーチ、ハンカチなどなど。

「これも落ちてましたよ」

目の前にリップクリームが突きだされ、かえでは礼を言って顔を上げた。中学生だろう少年が、かえでの顔とバッグを交互に見やる。少年は、渚の学校のものとは別の制服に身を包んでいた。

短く切りそろえられた髪や、おっとりとしたまなざしなどから、少年にはどことなく「上流階級の令息」感が漂う。

おなじ中学の生徒なら話も聞けたのに、と残念に思いながら立ちあがると、先に少年が尋ねた。

「渚のピアノの先生?」

「いえいえ! 先生なんておこがましいです。少しピアノを聞かせてもらっただけで。って……あなたは渚くんを知ってるんですか? 友だち?」

「なんだ。楽譜持ってたから声かけたのに。それと、勝手にあいつの友だちにしないでください」

「えと、じゃああなたは……」

どこかで見た気がする。それもつい最近。

どこでだっけ、とかえでが記憶を探るより早く、少年が言った。

「東條《とうじょう》音楽大学付属中学三年、外村留音《とのむらるね》です」

思い出した。蒼と見たコンクールの受賞者一覧の、最初に載っていた。

そして、渚が記憶を抜いてこいと叫んだ相手だ。


かえでは留音を近くのハンバーガーチェーンに誘った。留音はコーラとポテトを、かえではアイスティーを頼んで窓際のテーブル席につく。

留音が長い指でポテトをつまむ。大人びた雰囲気と裏腹に、熱心に食べる姿はふつうの中学生と変わらず、かえではほっとする。

「渚くんと話がしたかったんですが、けんもほろろに断られたところだったんです。もし渚くんと連絡が取れるなら、伝えてもらえませんか？」

「コンクールに出ろって？　僕にも出ないって連絡がきたから、無理だと思いますよ」

かえではぎょっとした。そんな話は聞いていない。

「渚くん、出ないって言ってるんですか？」

「だから説得にきたんじゃないんですか？」

「いえ、わたしは……渚くんを傷つけてしまったので、謝りたくて。きっと、渚くんがコンクールに出ないと決めたのは、わたしのせいです」

「あいつになにか言ったんですか。弾いても無駄だって？」

「まさかそんな！　言いません。私だってもっと渚くんの演奏を聴きたいですし」

ふぅん、と留音は指についた塩を紙ナプキンで拭く。舐《な》めないんだな、とかえでは感心した。音大の付属中学に通っていることからも、裕福な家の子だろうとは察せられたが。

留音も渚に会いにきたのかと水を向けると、留音は眉間に皺《しわ》を寄せた。

「僕は……渚にひとこと言ってやらなきゃ気がすまなくて。渚の親にも」

「ご両親にも？」

うん、とうなずく仕草が険を帯びた。

「才宮さん、でしたっけ。子どもに才能があったら、親は喜ぶものじゃないんですか？」

「それは……家庭によって事情があるでしょうから」

かえでは離れて暮らす母親を思い浮かべたが、かえでの手は渚の手と違い、才能と呼べるものじゃない。母親の怯《おび》え顔を思い出したところで、参考になるどころか喉に異物が絡まった気分になるだけだった。

「僕の家は、両親も姉も音楽をしています。僕も三歳でピアノを始めました。おもちゃは買ってもらえず、僕は一日じゅうピアノを弾かされてきました。多いときは週に五日、ピアノの先生と英語の家庭教師が通ってきて、レッスン漬け。僕はずっとそれが苦痛だった。少しでもサボると、ご飯を抜かれるんです」

留音は思い出してか、顔をしかめる。

「でも、父は自分が指揮するオーケストラの生演奏を聴かせて、お前がここでソリストをするのを待ってるって、ステージ上で言ってくれました。お前にはその素質があるって。だから僕は必死で練習しました。それでやっとコンクールにも入賞できるようになったんです」

留音は、今では国内のコンクールを総なめにする奏者だ。かえでは渚よりは小柄な留音の手を見る。

渚とおなじでほとんど日の光を浴びてこなかったのだろう、白さが際立つ手だ。すらりと長く、水かきの部分がほとんどない。

「知らないやつは、僕は恵まれてるって言う。努力の跡まで見えた気がした。音楽一家で金もあって、人生楽勝だろって言う。そりゃあ渚んとこみたいに、父さんが病気で母さんのパート収入しかない家より、恵まれてるのはわかってます。でも僕は楽勝だと思ったことなんかない。……父は僕のことを褒めてくれる。やればできるって励ましてくれる。でも父は、僕のことより先に、渚の音を褒めたんだ」

鬱屈《うっくつ》したものが溜《た》まっていたのだろう。留音は心の内の澱《よど》みを吐き出すように息をついて、コーラをあおったが、炭酸にむせて咳《せき》こんだ。紙ナプキンでぞんざいに口を拭う様子にも、彼の抱える懊悩《おうのう》が透けて見える。

「だから、むかつくんです。渚が『親は、俺がピアノを弾けないほうが喜ぶんだ』って諦めてるのも、そうやって渚を潰そうとする奴も」

話すうちに興奮してきたのか、留音が鍵盤を弾くようにテーブルを指で叩《たた》く。

「だってそうじゃないですか……！　僕は渚の音が喉から手が出るほどほしくて、ほしいのに叶《かな》わなくて、それでも負けたくないから練習してるのに」

渚も留音も、それぞれに事情を抱えながら強い思いで音楽に身を置いてきたのだ。かけられる言葉なんて見つからない。

かえでにわかるのは、このままではいけないということだけだった。

その日の夜、かえでは思いきって蒼に電話をかけた。

留音から渚の連絡先を教えてもらったのだが、いざかけるとなると言葉を探しあぐねたからである。

ところが、話を聞いた蒼の助言はかえでの期待とは異なっていた。

「本人も内心では音高への進学は無理だと察して、コンクールに出ないと決めたんだろ。なら、それもひとつの結論だ。家族も本人も丸く収まる。俺たちが口を出すことじゃない」

「でも渚くんはミスをしたときすごく焦ってて、必死で練習してたんです。ほんとうはもっと音楽をやりたいはずなんです」

記憶が流れこんだときに見た、気が遠くなるほどの練習風景が頭によみがえる。

「話を聞くだけでは、やる気があるか疑わしいけどな」

「一日じゅう練習してるんですから、あるに決まってます」

言い返したが、蒼は淡々と続ける。

「親は音高への進学を認めていない。本人は音高へ通いたいが、ピアノを続けてほしくないと親が考えているのも知っている。ミスをすれば受賞は叶わず、親を安心させられる。本人も、ミスしたからしかたがないと納得できる」

「なんでそんな、突き放すようなことを言うんですか……?」

ショックを受けるよりも驚きが勝った。先日は、渚に会いにいく背中を押してくれたではないか。だから蒼なら、渚の助けになってくれると思っていた。

「渚くんがわざと間違えるなんて、あり得ません!」

かえでは渚を擁護して声を上ずらせたが、「そうじゃない」という抑えた声が返ってきた。

「そいつに肩入れする気持ちはわからなくもないが、冷静になれ。わざと間違えたとは言ってない」

蒼はあくまで落ち着いている。

「おそらく無意識なんだ。だから、そいつ自身も原因がわからなくて焦る。焦るから練習を繰り返す。だが受賞すれば家族を窮地に追いこむという怖れが頭にある限り、無意識に失敗を求めるのには変わりがない。実力を出しきるのが怖いと思っているうちは、うまくいかないいんじゃないか」

「あ……」

かえでは恥じ入った。

悩むばかりのかえでと違い、蒼は根本的な原因を考えていたのだ。

「すっぱりと決められたんなら、本人の意思を尊重するべきだと思う。だがかえでが見た姿が真実で、今も課題曲の練習をやめられないほど未練があるのが本心なら……」

「受賞に対する恐怖心を取り除かなきゃいけない……ってことですよね。その恐怖心が最初のミスに繋《つな》がってるんでしょうか」

かえでも今度は平静を保つことができた。蒼が電話口で同意する。

「あるいは最初のミスが、恐怖心を植えつけるきっかけになったのかもしれない。とにかく取り除くか、乗り越える必要があるだろうな。その前に、恐怖心があることを認めるのが先か」

香子の一件が頭に浮かんだ。自分を見つめて、受け止める。ただそれだけのことだが、ひどく難しい。

どうすれば、渚の納得のいく答えが出るのだろう。

「――その音が喉から手が出るほどほしい、か」

ふいに届いた声は、明るい色が乗ったようだった。え、と思わず口にする。

「受賞だの家の事情だの、よけいなことは考えずに、自分の音を真摯《しんし》に客に届ければいいのにな。かえでも、そいつの音をいいと思ったから、本人の納得のいくように助けてやりたいんだろ？」

かえでは見えない蒼に向かって、反射的にテーブルに手をついて身を乗りだした。

「それはもう！　透明感があるというんでしょうか、力強いのに繊細で澄んでいて。わたしは詳しくないですけど、ほんとによかったんですよ……！」

「それを大事にすればいいんだ。そいつの音色はそいつにしか出せない」

目の前が開ける。

かえでは、さっそく渚に電話をかけた。渚は最初、かえでの申し出に取り合わなかったが、ひたすら拝み倒す。

そしてとうとう、渚の了解を取りつけることに成功した。

翌日の夜。祖母の家の母屋には、かえでが声をかけた相手が勢揃《せいぞろ》いしていた。

吉野、早苗、蒼。香子はあいにく夜勤だそうで断られたが、電話口で聞くところによると健吾《けんご》とは順調らしい。

蒼は展示会帰り、かえでは例によって面接帰りのスーツ姿である。

かえでは五葉にも声をかけようとしたのだが、蒼に止められた。力の件がどこから漏れるかわからないからだ。蒼自身が嫌そうだったというのもあるが。

全員が、グランドピアノの前でスタンバイした渚に注目する。渚は、ここに来たときからずっとふて腐れた顔だ。

それでも、約束どおりに来てくれた。

『お願いします……！　一時間、ううん、一曲でいいから』

昨夜、かえでが電話口の渚に向かってエアー土下座を十七回した成果である。

かえでは全員が揃《そろ》ったのを見計らい、障子を拳一個分だけ開けてピアノのかたわらに立った。

「今夜は、藤室渚くんのコンサートに足をお運びくださり、ありがとうございます。渚くんの音をどうぞ楽しんでくださいね」

かえではふり向き、渚と目を合わせる。

「今日のわたしたちは、渚くんのコンサートを聴きにきた客です。だから渚くんの自由に弾いてください。なにをしてもいいです。『猫踏んじゃった』でも、アニメソングでも、なんでも渚くんの弾きたいものを聴かせて。ただひとつだけ約束してください。曲の途中で帰らないで」

「……はあ。わかったよ」

かえでは笑って相づちを打ち、畳に並べた座布団のひとつに着席する。

渚がひと呼吸して、鍵盤に指を置く。

やがて始まった「猫踏んじゃった」に、誰もが忍び笑いを漏らした。もちろん、いい意味で。

音が弾《はじ》けて、踊る。さながら本物の猫が駆け回るようだ。渚は即興でアレンジを加えながら、テンポを自在に変えて演奏する。

輝く水辺で、鬱蒼《うっそう》とした森で、きらびやかな城の大広間で。まならに、軽やかに駆ける猫が見える。

曲が終わっても、渚の演奏は終わらなかった。手拍子したくなる曲から、心の奥に仕舞った思い出を呼び起こして胸を震わせる曲まで、渚の演奏は続いた。

最後の一音から、渚の指が離れる。

渚が立ちあがり、ピアノの前でお辞儀をする。それでもまだ、誰もが演奏の余韻から抜け出せずにいた。そのときだ。

部屋中に満ちた奇妙に静かな興奮のなか、パン、パン、と手を叩く音がした。

渚が音のしたほうを向く。同時に、障子が大きく開け放たれた。

「……留音？」

手を叩きながら、悔しそうな顔をした留音が入ってくる。驚きを貼りつけた渚と目が合い、かえでは大きくうなずいた。

渚が舌打ちする。

「……かえでサンかよ」

「正解です」

かえでは渚にコンサートを頼んだあと、留音に連絡して一緒に聴いてほしいと頼みこんだのだった。

「渚、僕拍手してるんだけど、アンコールは？」

かえでを含めた全員がわれに返ったように、惜しみない賛辞を拍手に載せる。

鳴り止《や》まない拍手に渚はつかのま鼻白んだ様子を見せたものの、とうとう根負けしたのかピアノの前に座り直した。

「なにがいいんだよ？」

「12 Variationen über ein französisches Lied "Ah, vous dirai-je, maman"」

留音の即答に、渚が手を止めてかえでをにらむ。かえではかぶりを振った。まさかそこまで仕組んではいないし、渚が全国大会で弾く曲を教えたのでもない。

あり得るとしたら、かえでが楽譜を落としたときに気づかれたのか。

だけどそんなことはいい。かえではひやりと温度の下がった渚の気配に息をつめる。

ところが、渚は大きく息を吐くと……噴きだした。

「こいつは、コンクールで聴かせるから却下」

「弾ける自信がないんだ？」

「いや、コンクールに来てくれた客に最初に聴いてほしいっつーかさ。そのためにやってきたんだし。いま留音に聴かせて、びびらせても申し訳ねえじゃん？」

渚がからかいまじりに笑うと、留音がむっとして否定する。

その空気感から、ふたりがいいライバルで同志で、いい理解者なのだと伝わってきた。くすぐったい。

あとはコンクールでの成功を祈るしかない。だが今はただ、渚がコンクールで弾くことに対して前向きな様子が見られただけで、じゅうぶんだった。

「渚くんの音、わたしも楽しみにしてる」

全国大会の様子は、動画配信される予定だ。会場には行けなくても、聴く気満々である。

「ん。……やっぱいいな、ピアノって。もっとやりてえ」

照れくさそうに言った渚は、つかのま思案してから鍵盤に指を置いた。

アンコールの曲を弾く渚は、これまでに見たなかでもっとも生き生きとしていた。

その後は渚の仕返しならぬリクエストで、留音も演奏を聴かせてくれた。渚とはまた違う音を持つ留音は、叙情的な演奏でコンサートを沸かせた。

かえでは最後まで、誰よりも大きな拍手を送り続けた。

「コンクール直前なのに、時間を作ってくれてありがとう」

渚を手洗いに案内したついでに、かえでも手洗いをすませて出ると、夜も更けた縁側に渚が座っていた。

かえでも渚の隣に腰かけ、ポケットから手袋を取りだす。渚がその手に目を留めた。

「その手ってさ、相手の手に触ったら一巻の終わりって感じ？」

「終わりです。だから渚くんの記憶を抜いてもミスが直らなかったときは、目の前が真っ暗になりました。戻すこともできませんし」

かえでは一見ごくふつうの両手を、慎重に渚の前にかざす。

「やべえね、それ。ピアノできねえじゃん。先生に指導で触られたら終わりじゃん」

「そうですね。ピアノに限らず習い事は危ないので、やったことがないんですけど」

「すげえ量の音楽の本を、持ち歩いてたのにな」

それも留音から聞いたのか。

「あはは、読めもしないのにお恥ずかしいです」

「いや、なんか嬉《うれ》しかった。……ずっと誰もわかってくれねえって決めつけてたからさ。どんだけピアノをやりたくても、親も担任も無理だって言うし。あんな条件まで出されたら、ムカつくと同時に虚《むな》しくなったんだよな。誰も喜ばねえのに、続けても意味ねえなって。けどさっき、かえでサンたちが集まってくれて、そこで弾いてみて……コンクールに出ねえのって、ただの当てつけじゃん、だせえよなって思って」

あっけらかんと言うので、かえでも小さく笑う。

「結果がどうでも、弾く舞台をもらったんだから弾く。もしミスってもちゃんと弾ききるわ。それから、親ともう一回話す。つか、しつこく戦う」

どんな道も突き進むのは怖い。誰の応援もなければ、不安も増すだろう。だけど、渚の表情は晴れやかだ。

少なくとも、かえでは全力で応援している。その気持ちを込めて「うん」と返すと、渚が後ろ手をついて「あーっ」と大きく声を上げた。

「緊張するなー」

「どんな形になっても、渚くんの気持ちは伝わりますよ」

「そこは、音高に行かせてもらえるよ、とか言ってくれねえの？」

「言ったら無責任ですから。一音の記憶を抜けばうまくいく、なんてわたしも思い上がってましたし。だけど……戦っていれば、きっとよい方向に向かえると思います」

かえでは手袋を嵌《は》める。その様子を渚がじっと見つめる。

「おれ、正直、記憶がどうこうとかよくわかんねえけど、いろいろ……サンキュ。あと突き飛ばしてごめん」

素直にそう言える渚だからこそ、濁りのない音が出せるのだろう。コンクールも、その先も、渚の音がますます楽しみだ。

かえでは「気にしないでください」と顔の前で手をひらひらと振る。

「でさ、その……調子こいてあれだけど、消したい記憶が一個残ってるのを思い出してさ。お願いしていい？」

「お役に立てるなら。でも、どんな記憶ですか？」

手袋を外しながら言うと、返事の代わりに渚が小指を出す。蒼に言わなくては、と思うまもなく指が絡まった。

記憶が流れこんでくる。

体の内側からじわりとあたためられて、頭に艶《あで》やかな糸の束が集まっていく。

『――おれも弾けるんだって。見ててよ父さん。母さんも』

声変わりの最中らしいかすれた声とともに、アップライトのピアノが大写しになった。その鍵盤に置かれた、子どもらしいふっくらとした手も。

渚だ。

『渚は男だろう。ピアノなんか三月でやめなさい。小学校も卒業するし、きりがいい』

『なんでだよ。男のピアニストもいるじゃん。おれだっていけるし、中学でもやりたい』

ピアノの上部には布がかけられていて、コンクールの表彰盾が飾られている。そこには渚の名前と小学校名が彫られていた。渚の自宅だろうか。

渚は意気揚々と、きらきら星変奏曲の最初のパートを弾き始める。

その様子を、渚の両親らしき人物が見守る。

かえでがストリートピアノで耳にした演奏に比べれば、スピードは速くない。手つきだって拙い。けれど、たしかに渚だけの音色だ。

しかしもう少しで終わるころ、渚の指が鍵盤に引っかかった。

『あー、しくった。でも次は……』

渚は言いながら両親のほうをふり向き、肩を強張《こわば》らせた。父親が、安堵《あんど》を顔じゅうに広げていた。

——その記憶が、渚の本心を押さえつけていた錘《おもり》なのだと、かえではそのとき理解した。

＊

コンクール直後の日曜日、かえでは蒼が三和土《たたき》で靴を脱ぐのも待てずに離れの居間へと急《せ》かした。

座卓上ではすでに、スマホをスタンドにセット済みだ。もちろん、動画サイトもすぐに表示できるようにしてある。

「渚くんのピアノコンクールでの演奏が、配信されましたよ！　蒼さんと一緒に聴こうと思って待ってたんです」

結果はすでに、コンクールのホームページに掲載されている。でも、先に演奏を聴きたい。

「だからって朝七時に呼び出すな」

「すみません、十時からは説明会に行かなければならなくて」

「それでスーツか」

蒼がスマホの前に腰を下ろした。今日の蒼はフード付きのスウェットに細身のパンツ姿だ。寝癖を直す暇がなかったのか、耳の横の髪が跳ねている。寝起きのまま来たのかもしれない。だが、口で言うほど嫌ではなさそうだ。

かえではさっそく動画を再生させる。

白の襟付きシャツに黒のスラックス、蝶《ちょう》ネクタイをつけた渚の変身ぶりにまず驚く。渚は画面中央のグランドピアノの前でお辞儀をすると、ゆっくりと椅子に座った。普段と違う、ていねいに撫《な》でつけられた髪が目に入る。

コンクールは終了して結果も出たというのに、肩に力が入る。

蒼も同様のようだ。渚を見る目つきが、我が子を見守る親みたいになっている。

渚の息遣いすら聞こえそうな静寂のあと、「きらきら星変奏曲」が始まった。優しく踊るようなメロディーが始まる。心のやわらかな部分を、音の粒が清流のように流れていく。渚が心から音楽を楽しんでいるのが、画面越しにも伝わる。

最後の変奏に入った。音が咲き乱れ、かえでの耳を軽やかに打ちつける。かえでは無意識のうちに息をつめた。握り合わせた拳に力がこもる。

渚が弾ききり、動画が終了する。

すぐには声もでなかった。やがてパン、と隣で手を打ち合わせる音がする。蒼が拍手をしていた。

ノーミスだった。

引っかかり続けた一音も、そこに苦心していたとは思えないほど自然に流れていた。体が震えたり顔が青くなることもなかった。それでいて、以前よりも深みを増した音色だった。

かえでも全力で拍手をした。画面の向こうには届かないと知りながら、そうせずにはいられなかった。

心が浮き立ってしかたがない。

「よくやったよな」

隣からため息のように漏れてきた感想に、かえでは胸を反らす。

「でしょう。さすが渚くんです」

「なんでかえでが威張《いば》る」

呆《あき》れた顔の蒼に、かえではスマホを操作して結果発表のページを見せた。

「渚くん、三位までの入賞は逃したんですけど、特別賞を受賞したんですって」

ちなみに一位は留音だ。かえでにとっては渚が一位だが、ふたりとも満足のいく演奏をできたのがなによりも嬉しい。そして留音が渚の音に一目置いているのだと思うと、本人でもないのに誇らしい。

「いつまでにやにやしてるんだ」

「コンクールが終わってすぐに、渚くんから『これから親に話す』ってメッセージをもらったんです。それと、コンサートもいつかまたさせてほしいって」

渚の戦いはまだ終わらない。それがどんな結果になったとしても、きっと今の渚なら心から納得できるはずだ。

コンサートが楽しみですね、と声を弾ませると、蒼も目元をやわらかくした。

「……で、俺のいないところで記憶を抜いた件の説明はどうした？　嫌がってたわりに、依頼をこなしてるじゃないか」

かえではぎくりと肩を強張らせた。

とはいえ、先日のコンサートのあともひとしきり眠ったのだから、気づかれるほうが当然だろう。

「一度失敗してしまったから、挽回《ばんかい》しなくちゃと思ったんです！　渚くんの手は綺麗《きれい》な音を生み出す手ですし、なんとかしたくて。でも……最終的に頑張ったのは渚くんでした」

一度、心の底に沈めてしまった気持ちは、見つけだすのすら難しい。無意識に目を背けてしまうからだ。

だが、渚は心の奥に錘があるのを認め、向き合った。取り除くことを選んだ。

「戦う」という言葉で自分の決めた道を進む覚悟を示した渚が、眩《まぶ》しい。

「音も、コンサートのときからさらに変わったな」

蒼が口の端を優しく上げ、渚の演奏をふたたび再生させた。原題のとおり「ねえ、お母さん聞いて」と訴える子どもの、あどけない声が聞こえてくるようだ。

二度めの渚の演奏が終わる。

かえでは自分の手を正面から見つめてから、「蒼さん」と顔を上げた。

「わたしは、この手がずっと怖かったです。今も、力を使うときは緊張で息が止まりそうになります。でも……」

渚の音が、かえでの背中を押してくれる。ねえ、蒼さん。

「いつか……聞いてもらえますか？　気味が悪いかもしれませんけど、蒼さんとわたしが幼なじみだったときのこと」

動画を止めた蒼がかえでに向き直る。

目をみはったように見えたのは一瞬で、蒼はかえでの目を見たまま、静かにうなずいた。

3. 霧の中

地場野菜をふんだんに使う店という謳《うた》い文句で、ガイドブックにも取りあげられたラーメン屋は、日曜日のランチタイムとあって隣の店の前にまで行列ができていた。

蒼《そう》の学生時代から味は変わらないのだが、ものは言いようだ。昔は常に閑古鳥が鳴いていたものだったが。

古く、埋もれそうだったものに価値を見出《みいだ》して光を当てる。その姿勢は、蒼の仕事にも通じる。

蒼はさきほど、近くの蒐集《しゅうしゅう》家の家で骨董《こっとう》品の査定を終えたところだった。

骨董品は、というより「物」は、どれほど時間を経ても消えないのがいい。記憶とは違い、この目で見て過去を確かめられる。

なのに駅で出会った日、かえでの話に口を出さずにいられなかったのは――と考えつつ、蒼はラーメン屋に背を向け、これも子どものころから続く鄙《ひな》びた喫茶店に入った。

風雨でくすんだ庇《ひさし》の下、上部にガラスが嵌《は》めこまれたドアを開けると、静かなＢＧＭが耳を浸す。店内は、年月を経て照りの出た木製のカウンターと、それに沿ってテーブル席が並ぶだけのこぢんまりとしたしつらえだ。

こちらは今も価値を見出されないままらしい。客は二組だけかと奥に目を向けた蒼は、店の雰囲気をぶち壊す騒音の持ち主に気づいた。

「蒼やんけー、奇遇《きぐう》やなあ。なんなん、スーツ着て。外回り中？」

五葉《ごよう》はほかの客の視線などどこ吹く風で、クリームソーダを手に蒼のテーブルへ移ってきた。

「ここのナポリタン、めちゃ旨《うま》かったで。ピラフもお勧めらしいわ、海老《えび》フライ載っとるんやて」

知っている。ここから蒼の実家までは、徒歩十分とかからない。

蒼が五葉の助言を無視してカレーライスセットを頼むと、五葉はやっぱりカレーは世界一旨いよな、ところっと態度を変えた。適当なやつだ。

ジャケットを脱いでおしぼりで手を拭き、冷たい水でひと息つく。

「お前はなんでこんなところにいるんだ」

「今日これから、かえでちゃんと会うねん。そんで、かえでちゃん家に迎えにいく前に腹ごしらえしとこ思て」

五葉の指すかえでの家とは、吉野《よしの》の家だろう。吉野の家もこの辺りだ。しかし、なぜ五葉がかえでと会う約束をするのか。なんのために。

別に、かえでが誰と会う約束をしようと関係ないのだが。

蒼は運ばれてきたカレーライスを黙々と口に運ぶ。五葉がソーダの上のアイスにスプーンをひと突きすると、アイスを丸ごと頬張った。

「あの子、なんや危なっかしいなあ。蒼がかまうの、わかるわ。まあそこがかわいいねんけど」

「かまってるわけじゃない。俺はあいつが契約を守るのを待ってるだけだ」

今となっては、かえでが詐欺を働いたとか頭がおかしいなどとは思っていない。かえでは、ひとを騙《だま》せるほど器用な人間ではなかった。

だが蒼自身、かえでの能力についてはいまだにどう受け止めるべきか決めかねているのが正直な気持ちだ。

だから、かまうのではなく見定めようとしているのが正しい。と、蒼は心の内で誰にともなく言い訳を重ねる。

「ただ、ひとつ忠告しておく。かえでには触るな」

「えらいご執心やな!?」

「そうじゃない。お前のために言っておく。これは親切心で言ってるんだ」

五葉が、溶けたアイスで白く濁ったソーダに口をつけたかと思うと噴きだした。なにがおかしいのか。腹立たしい気持ちを押し留《とど》め、蒼は食後のコーヒーに口をつける。

「……そか。蒼もか」

ひとりごちた五葉と目が合う。カレーを食べた胃が、そのとたんわけもなく重くなった。

「ほな、オレも言うとくわ。……あの子、返してやれんかったらすまん」

五葉がクリームソーダを飲み干して席を立つ。蒼があっけにとられるうちに、ドアベルの音を残して出ていった。

今のはなんだ？

笑い飛ばすはずがなぜか胸が騒ぎ、蒼も店を出る。五葉の姿はすでになく、蒼は取りだしたスマホをタップした。六回のコール音のあとに、留守電に切り替わる。

かえでにメッセージを残すか否か迷ったが、蒼は通話を切った。午後も仕事がある。それにあの五葉だ、大した意味はないだろう。だいたい返すもなにも、五葉はなにか誤解している。

苦笑してスマホをスーツの内ポケットに仕舞う直前、バイブ音がして蒼は反射的に電話を取った。

「突然のお電話ですみません。実はかえでさんのことで……どうしても気になって」

かけてきたのは、最初の依頼人である生谷《いくたに》だった。

以前、吉野の家で顔を合わせた際に名刺を渡した記憶がある。しかしなぜ、といぶかしんだ蒼は、続けられた言葉に胃の腑《ふ》をぐっと絞られた気がした。

「間に合っているといいのだけど……かえでさん、まだ意識は正常ですか？」

＊

祖母の家のインターホンにはモニターがない。けれど声を聞くだけでわかった。

「かーえーでーちゃん、あーそーぼー」

五葉だ。どうぞと応じてほどなく、五葉が焼けた肌に映える黒の短髪を掻《か》きながら、母屋の引き戸を開けた。周囲の温度が一、二度上がったように感じる。五葉から発せられる陽気なオーラのせいだろう。

子ども同士の誘い文句に似た声かけに笑っていると、五葉に顔を覗《のぞ》きこまれた。

「あれえ？　かえでちゃん、なんや表情が前回よりすっきりしとる。明るなったなあ。なんかええことあったん？」

「顔に出てましたか」

渚《なぎさ》の演奏は成功したし、蒼に対しても一歩踏み出せた気がして、浮かれた気持ちがまだ続いているのだ。

それにもうひとつ。

「就活がうまくいきそうなんです。初めて二次面接を通過しました……！」

そう、かえではつい昨日、最終面接の案内を受け取ったのである。

お祈りメール以外のメールを読み終えても、しばらくはこの目が信じられなかったくらいだ。やっとここまでこられたと思うと、にやけてしまう。まだ選考途中ではあるものの。

「やったやん。かえでちゃんは、どこを志望してるん？」

五葉が手を叩《たた》く。われに返ったかえでは一瞬、答えに詰まった。

「どこというか……採用してくれるところなら、どこでもありがたいです」

「人生かかってるんやし、遠慮しとったらあかんで」

「あはは……ところで、今日はどうされたんですか？」

やや強引に話題を変えると、五葉が「そうやった」と身を引いた。

五葉とは川縁《かわべり》で出会った際に連絡先を交換したのだが（五葉の押しに負けた）、昨夜、相談があるとチャットアプリにメッセージが届いたのだ。それで、また祖母の家で話を聞くことにしたのである。

「キーホルダーのお礼とかえでちゃんの前途を祝して、今からデートせえへん？」

だから五葉は靴を脱がなかったのか。かえでは納得したが、すぐに首をかしげた。デートって。

「相談事はどうされたんですか？」

「その件で来てほしい場所もあるんや。いこいこ！」

五葉は言うが早いか、歩きだしてしまった。

私営電鉄で終点ひとつ手前の駅で降り、さらに十五分ほど歩いただろうか。

連れてこられた場所を見て、かえでは尋ねずにはいられなかった。

「ここですか?」

一車線分の幅しかない道路の隅から、かえでは左手の斜面を見あげる。五葉が「そうや」と応じる。

「この道をまっすぐ行くと、神社があるんや。ここは、その末社いうやつやな。ざっくりいうと、その神社の管理下にあるっちゅう社って感じや」

道路は山を切りだして通したようで、五葉の言う神社までほぼ一本道らしい。足を運んだことはないが、かえでも名前を知る大きな神社だ。

かえでたちが立ち止まる横を、あとから来た神社への参拝客らしき人々が追い越していく。ここで足を止めるひとはいない。

小さな社だった。

丹塗《にぬ》りは風雨にさらされたわりには鮮やかで、注連縄《しめなわ》も紙垂《しで》も朽ちてはいない。建てられてから日が浅いのか、それとも頻繁に手入れされているのか。

鳥居も狛犬《こまいぬ》もなく、ひっそりとした社だ。かたわらに立てかけられた賽銭《さいせん》箱も、貯金箱程度の大きさしかない。

「昔はオレんとこの神社でお世話してたんや。けど管理できんようになって、十三年前にこっちに移したんや。俺も母親もめっちゃ反対してんけど、どうしようもなかったわ」

五葉の家が神職の家系と知り、合点《がてん》がいった。ここは五葉にとって、懐かしい場所なのだろう。

時代とともに、参拝客の少ない小さな神社ほど維持管理が困難になる。五葉のところもその憂《う》き目に遭った。それでも細々と維持していたが、五葉の父親の代で廃社にすると決まったという。

社は祀《まつ》っていた神様ごと、奥の大きな神社の管理下に移った。廃社という言葉のイメージで勝手に百年くらい昔かと思ったけれど、意外と最近の話だ。

かえでたちは道路脇から石段を上り、社の前に並んだ。鈴を鳴らして手を合わせる。鈴は年月を経てきた鈍い音がした。

「かえでちゃん、あの木なにかわかる？」

五葉は参拝を終えると、社からさらに斜面を数十メートルほど上った先に立つ大樹を指さした。

「桜……しだれ桜ですよね。でも……枯れてる？」

四方へと広がる枝ぶりが見事な桜の木だ。枝の一本一本が細い糸のように垂れ下がっている。

　しかし花の季節を過ぎて今は葉が茂るはずが、一枚も葉が見られない。樹皮がむき出しだ。

「花は咲くんや。でも葉はつかん。社を移したときに桜も一緒に移したんやけど、葉はそれからいっぺんもついたことないわ」

　葉がつかないとは、ふしぎな桜だ。しかし五葉の説明を聞くそばから、かえでの足は自然と前へ踏み出していた。

　桜以外の景色がかすんでいく。五葉の話す声も、風が梢《こずえ》を揺らす音も遠のく。

　なぜだろう。この場所を訪れたのは初めてなのに、どこか懐かしさに似た気持ちで胸がざわつく。

　この桜に覚えがある気がする。どこで見たんだっけ。あれは――。

「かえでちゃん？」

　気づけば、すぐ隣に五葉がいてはっとした。夏の気配を孕《はら》んだ風が、かえでの輪郭をなぞる。むせかえるような緑の匂いも鮮烈に感じられた。

　かえでは気を取り直してかぶりを振る。

「すみません。ぼうっとしてしまいました」

「そか。……かえでちゃん、足元滑りやすいから気ぃつけや」

かえでは五葉について、道らしき道のない山を登る。

途中、木の根や枯れ枝、小石といったものに足を取られそうになったが、ふうふう言いながらたどり着き、かえでは桜を見あげた。

細い枝は噴水さながら、さらさらと風にしなる。幹はといえば、かえでたちがふたりがかりで腕を回しても、回りきらないほど太く力強い。樹齢は百年を超えているのではないか。

「花の咲くところを見てみたいです。きっと見事なんでしょうね。この社の神様も、さぞお喜びになりそう」

桜が満開の花を咲かせるところをありありと想像し、かえではほうっとため息をつく。

「かえでちゃんが言うと、オレもそんな気ぃしてくるわ。ありがとうやで。もっと早う知り合ってたらなあ。蒼とは長いん？」

「初めて会ったのは小学生のときですけど、蒼さんは覚えてないですし……再会してからはまだふた月くらいでしょうか」

「かえでちゃんみたいなかわいい子を覚えてへんて、薄情な男やな」

かえでは微笑むだけに留《とど》めた。

蒼が忘れたのはかえでのせいであって、蒼に非はない。

「五葉さんは蒼さんとは長いんですっけ。こういってはなんですが、蒼さんと五葉さんって、ふしぎな組み合わせですね」

理屈っぽく何事にも抜かりのない蒼と、大らかでマイペースな五葉。相容《あいい》れるのは難しいように思える。

「蒼なら、俺らのことも否定せん気がしてなあ……」

「俺ら？」

五葉は心なしか寂しげに笑った。

「いや。まあほら、蒼はいっぺん面倒見た相手のことは見捨てへんやろ。……てことは、オレめっちゃ蒼に愛されるんちゃう!? 一生、面倒見てもらえるやん」

「うわあ、蒼さんは嫌がりそう……でもわかる気がします」

「あと外面はいいのに、親しい相手に対しては口が悪くなるのもかわいいやん」

そうなのかと笑って肩を揺らしながら歩くと、五葉が手を出した。

「この辺、ちょっとぬかるんでるわ。かえでちゃん、手ぇ繋《つな》ご？」

たしかに足元が覚束《おぼつか》ない気もするが、かえでは首を振って断る。

「せっかくのデートやのに？ 手袋してるから？」

「いえ、そういうわけでもないんですが」

「手ぇ繋ぐの怖い？」

五葉は笑って続ける。

「──かえでちゃんは、ひとの記憶を抜きとれるもんな」

瞬間、かえでは飛び退《の》いた。

「どうしてそれを」

「蒼に聞いてん」

「嘘《うそ》ですよね？」

手を胸元で握り合わせて即答すると、五葉はからからと笑った。

「あいつ、かえでちゃんの言うことは疑ってへんと思うで？」

「そうじゃなく。蒼さんは、わたしに『働け』と言いました。正式に依頼を受けて、合意の上で記憶を抜けって。だから蒼さんが五葉さんにわたしの異能について話したのなら、それは五葉さんに力を貸すためで、そのことを蒼さんはわたしにも必ず言うはず」

「蒼が言い忘れたとは思わんの？　あいつ、たまにうっかりしよるで」

「それは……そうかもしれませんけど」

休日と気づかず中学へ行ったときのことを思えば、ないとはいえない。でも、とかえではかぶりを振った。

「蒼さんから聞いたとしても、ふつうはいきなり触れようとはしないはずです。だって、記憶が抜けるんですよ？　怖いし、気味が悪いじゃないですか。抜けてしまったら、二度と戻らないですし」

五葉がかえでの顔と手を見比べて目をぱちぱちさせた。

「ほな、あれ？　かえでちゃんがえらい勢いで離れたんは、オレのためやったん？　警戒したからと違《ちご》て？」

「むしろ警戒しなきゃいけないのは、五葉さんですよ。わたしに触ってから後悔しても遅いんですからね」

啞然《あぜん》として返すと、五葉もあんぐりと口を開けた。

「……毒気抜かれるわあ。かえでちゃん、癒やしキャラやて言われるんちゃう？」

癒やしなんてとんでもない。髪で顔を叩く勢いで首を左右に振ると、五葉が顔じゅうに笑いを広げた。

「ほんなら、今日から癒やしキャラとして堂々としたらええで」

噴きだしかけて、はたと気づいた。あやうく聞き逃すところだったではないか。

かえではさっきとは反対に五葉につめ寄った。

「それで、さっきの話ですけど……五葉さん、どこでこの力について知ったんですか？　ひょっとして、力をなくす方法もご存じなんですか？　ご存じなら、教えてください」

才宮《さいみや》の家にももう残されていない、貴重な情報があるかもしれない。

もしもこの力をなくせたら。誰かの記憶を奪ったり、奪うかもしれない自分に怯《おび》えずにすむのではないか。

「残念やけど、オレもそこまでは知らんのや」

「そうですか……」

声は沈んだが、なぜか思ったよりもショックは小さい。

かえではこっそり首を捻《ひね》る。こんな力なければいいと思ってきたのに、なぜだろう。

「でもこの力のことはよそで知ったんですよね？　もっと詳しく聞かせてください」

「ほんなら、ちょぃ手ぇ触って？」

「だめです。そんな軽いノリで触ったら、ぜったいに後悔なさいます。どうしても忘れたい記憶がおありなら別ですけれど……それも、まず話を聞かせてください。ちゃんとうかがいますから」

「ただの癒やしキャラとは違《ちご》たなあ。思ったよりしっかりしとるわ。あーあ、ここまで来たのになあ」

太陽のように笑いながら、五葉がさりげなく手を出してくる。かえでは自分の手を胸元に引き寄せ、斜面をじりじりとあとずさった。

「すみません。でもわたしが力を使うときには蒼さんに見せるって、約束もしてますから」

「蒼はどんだけ心配性やねん。ほんまにあかんの？」

ひょい、ひょい、と五葉が手を出してくる。かえではさらに、濡《ぬ》れ落ち葉だらけの斜面を下がった。

五葉は本気だ。冗談めかした表情のなかに、切羽つまった様子がちらついている。

力になれるなら応じたいと思う。でも渚の一件もある。勇み足で記憶を抜いて――もし、失敗したら？

「ご依頼は受けます。だから、まずはお話を聞かせてくださ……わっ⁉」

かえでがさらに一歩下がったそのとき、視界がくるりと反転した。


「――で、山の斜面で足を滑らせてこうなったと。どれだけ間抜けなんだ？　かえでが動けなくなった、今すぐ病院まで来いと五葉が大騒ぎするから、てっきり倒れでもしたのかと思っただろ」

「すみません」

「いちいち謝るんじゃない」

かえでは人気《ひとけ》の少なくなった診察室前の長椅子で、肩を縮めた。バレエシューズで山登りをしたのだから、間抜けと思われてもしかたがない。事前に山へいくと知らされなかったわけだが。

蒼が深々と息をつき、視線をますます険しくして長椅子から立ちあがる。

「診察結果は？」

「軽い捻挫です。骨には異常なしでした」

念のためにとレントゲンを撮られたが、二週間もすれば治るだろうとのことだった。

蒼が、テーピングを施されたかえでの足に目を落とす。足首の痛みより蒼の視線のほうが痛い。

大した怪我《けが》ではないというアピールを兼ねて、かえでも立ちあがる。

「呼びつけた本人はどこいった？」

「五葉さんはさっきまで一緒だったんですけど、お知り合いがここに入院中だそうで、今はそちらのお見舞いに。蒼さんによろしく、ですって」

蒼が鼻を鳴らして歩きだす。

「車、停《と》めてある。帰るぞ」

「いえあの、五葉さんが大げさなだけで、ゆっくり歩けば自分で帰れますし。蒼さんも仕事帰りでお疲れで――」

送ってもらわなくてもいいと言いかけたが、ふり返った蒼の氷点下の視線に負けてかえではロを閉じた。

「――ありがとうございます」

言い直すと蒼の仏頂面がやわらいだから、これが正解なのだろう。かえでもほっとしたとき、蒼が足を止めた。

「肩、使え」

「でも自分で歩けますし」

「使え」

少し怒ったようにも見える顔は、小学生のかえでが怪我をしたときとおなじだった。あのころは口の悪さにびくついたものだが、今なら心配されているのだとわかる。

それだけじゃない。頼ってもいいと言われているようで、胸の奥がじわりと熱くなった。

「でも、もしも肌に触れたら怖いので、お気持ちだけいただきますね。蒼さんにつかまって歩いているときに地震が起きて、滑ってきた誰かの点滴スタンドに手袋が引っかかって、うっかり取れて触ってしまう……とか、ないとは言えないじゃないですか」

「まずあり得ないだろ。よくそこまで考えつくな」

「宝くじに当たるくらいの確率はあると思います」

妙に力を込めたせいか、蒼は言い返さずにまた歩きだした。その歩みはさっきより一段と遅い。おかげでかえでも焦らずに歩くことができた。

「そうだ、電話取れなくてすみません。なんの用件でしたか？」

「なんで、ふたりでそんな辺鄙《へんぴ》な場所に行ってた？」

質問で返されて困惑したが、かえでは訊《き》かれるまま経緯を打ち明ける。山にぽつんと建てられた社、五葉の家、葉のつかない桜について。

「五葉さんは、記憶を抜いてほしいご様子でした」

五葉がこの手の力を知っていたとつけ加えると、蒼が限界まで眉をひそめる。

「深刻な事情がありそうでしたので、お力になりたいと思うんです。詳しいお話はこれから伺うので、蒼さんも同席してもらえませんか？」

「当然、話は俺も聞く。だが、力はもう二度と使うな」

「えっ？」

蒼に続いて病院の自動ドアを出た足が止まる。かえではぽかんとした。

「いきなり……どうしたんですか？　あんなにやれって言ってたじゃないですか。それにお約束もまだ果たせてませんよ」

「かえでこそ、やりたくないって言ってただろ」

三歩先で立ち止まった蒼の口調は、いたって冷静だ。

けれど、かえでの顔はみるみる歪《ゆが》んだ。さながら初めての土地を歩く途中で、手にした地図をいきなり取りあげられたかのようで。

「でも、蒼さんの大事な友人が苦しんでるかもしれないんですよ？」

かえでは蒼に駆け寄った。右足に体重がかかり、痛みの存在をこれでもかと主張されたが、呻《うめ》き声はこらえる。

「この手ならどうにかできるかもしれないのに、なにもしないなんて。わたしだって、これまでよりは上手《うま》くやれると思いますし」

なにより、この手を必要とされている。

ところが、蒼は食い下がるかえでにも表情を変えなかった。

「五葉には俺から断っておく。吉野さんにもあらためて話すが、店は廃業だ。俺が持ちこんだ家具は好きに処分していい。俺も興味がなくなった。むしろ他人に触るたびに、ばったばた眠りこけられるのが迷惑だった」

唇を引き結ぶ。おのずと視線が下に落ちた。

手袋に包まれた手が目に入り、かえでは顔を背ける。

とてもではないが、今はまともに自分の手を見られない。

「車、ここに回すからそこで待ってろ」

立ち尽くしたかえでに言い置き、蒼は駐車場へ足を向ける。待ってろと言われなくても、足の動かしかたがわからなかった。

迷惑、かあ……。

蒼からその言葉を聞くのは二度めだ。かえでは奥歯をきつく嚙《か》みしめた。

＊

かえでの誕生日のころは、毎年大雪になる。

その日も、アナウンサーがテレビの向こうで爽やかな笑顔を浮かべ、国立大学の出願開始のニュースのほか、午後から大雪になる予想です、と伝えていた。

冬はいい。手袋をして外出しても、他人の目を引かないから。

放課後は図書委員会があるから遅くなる、と祖母には告げてあった。図書委員なら手袋姿でも言い訳が立つ。渋る祖母にかけ合い、どうにか委員会活動を許してもらったのだ。

だが、大雪により委員会は中止になった。

すぐ帰宅するようにという校内放送が入り、かえでもほかの生徒同様、帰路についた。

玄関をくぐると、男物の靴が並んでいた。側面にブランドロゴの入った、黒のハイカットスニーカー。蒼が大学生になってから愛用しているスニーカーだった。

「早苗《さなえ》さん、蒼さんが来てるの？」

かえでは応接間に向かう早苗を呼び止めた。湯呑《ゆの》みと豆餅の載ったお盆を捧《ささ》げ持った早苗が、声を弾ませた。

「お久しぶりですよねえ。吉野さんがお呼びしたそうですよ」

「そうなんだ。それ、蒼さんたちに？　わたしが持ってく」

早苗は少し前に手首を捻《ひね》ったところだ。早苗からお盆を取りあげると、早苗が礼を言う。

「今日の夜はご馳走《ちそう》ですから、楽しみにしててくださいね。そうそう、蒼くんも夕食にお誘いしてくださいね」

「ええ……」

誕生日の夕食に蒼が同席するのは、なんとなく気恥ずかしい。

「あら、あら、お嫌ですか？」

「嫌じゃないけど……」

かえではしぶしぶ了承すると、廊下を奥へと進んだ。祖母も早苗も、なにかと蒼を夕食に呼びたがるから困る。蒼の両親が共働きだからという理由があるにせよ、だ。蒼はろくに喋《しゃべ》らないのに。

奥の和室からぼそぼそと話し声が聞こえてくる。かえでは障子を開けようと、お盆を一度廊下に置いた。

「――なんの冗談ですか」

いつもより低く、格段に硬質な声が耳に届いた。かえでは障子に添えた手を引っこめ、耳をそばだてた。

「こんなこと、冗談じゃ言えんよ。かえでも十五になったところで、すぐにとは私も思ってない。でも私ももうこの歳《とし》よ、あと何年あの子を見てやれるか……。だから少しでいいから、前向きに考えてほしいんよ。あんたなら、かえでをかわいがってくれてるし」

なんの話か定かではないが、蒼にかわいがられた記憶は一度もない。蒼は無愛想で、とっつきにくい。

祖母の勘違いもはなはだしいと思う。かえでは勢いよく障子を開けようとした。

「お断りします。結婚なんて、考えたこともない」

結婚。

直前の祖母の話と照らし合わせて内容を察したとたん、足が震えた。かえではしゃがみこんだが最後、動けなくなった。

「勝手なのはわかってるんよ。だけど、あの子は私が死んだら、大変な道をひとりで歩まなきゃいけない。だからどうかこの先も、そばにいてやって」

「大変って。かえではたしかに引っ込み思案ですけど、それは他人の気持ちに敏感だからでしょう。今のうちから、ひとりで歩むと決めつけなくても」

「そう思ってくれるなら、なおさら蒼が好いてあげてほしいんよ。あの子は実はね――」

祖母は、かえでの能力について蒼にぶちまけた。

蒼は最初は笑って取り合わない様子だったが、その口数はしだいに減っていく。とうとうなにも聞こえなくなった。

そのあいだ、かえでは制服のまま廊下で膝を抱えて頭を埋《うず》めていた。靴下を履いたつま先に冷気がひたひたと染みこみ、かじかむのにも気づかなかった。

祖母が知らないはずはない。かえでは、夫になるひとにも自分の子どもにも、この手のまでは触れられないのだ。

それなのに、そんなかえでに蒼を縛りつけようとしている？

「——はっきり言って、いい迷惑です。記憶を抜ける？　冗談じゃない。ひとを担《かつ》ぐにしても、やりようがあるでしょう。百歩譲って真実だとしても、今の話を頭から抜いてもらいたいですよ」

蒼の声に、抑えきれない怒気がこもっている。祖母は静かに、悲しそうに答えた。

「すぐには信じられないと思う。けどね。嘘《うそ》はひとつも言ってないんよ、蒼」

「やめてくれ！」

障子が乱暴に開け放たれ、かえではとっさに小さく丸まった。蒼はかえでには気づかずに、廊下を早足で去っていく。

かえでは蒼を追いかけた。すみません。すみません。すみません。謝罪の言葉が生まれては、声にならずに喉元に引っかかった。

蒼が玄関でスニーカーを履こうと屈《かが》んだとき、追いついたかえでは蒼の首筋に触れた。抜いてほしいという望みを叶《かな》えるしか、かえでにできることはなかった。

「くそっ、知るかよ！　こんなの、知りたくなかったんだよ……ッ」

ところが、知りたくなかったという感情とともに流れこんできたのは、祖母との会話だけではなかった。

かえでに関するすべての記憶。

笑えるくらい、なにもかも抜けた。かえでの痕跡はどこにも残らなかった。

それからのことはあまり覚えていない。

＊

内定者には今週中に電話しますと告げられていたのに、翌週の月曜日の夜になってもスマホは鳴らなかった。

ひょっとしたら、なにかの事情で遅れているのかも。もう少し待てば連絡がくるはず。なんて一日じゅうそわそわしていたけれど、もはや乾いた笑いを零《こぼ》すしかない。

かえではマンションの部屋で黒いパンプスを脱ぐなり、力尽きて膝をつく。握りしめていたスマホが、鈍い音を立てて三和土《たたき》に落ちた。

「また振り出し……」

とにかくひとと接する機会の少ない仕事であれば文句はなかった。他人の肌に触れる可能性が低ければ、それでじゅうぶんだった。

そうして受けた、建築資材の卸売りをする中小企業の最終面接で、面接官は親身に相づちを打ち、ともに働けるのを楽しみにしているとまで言ってくれたのだ。なのに、なにがいけなかったのだろう。

翌日、かえでは大学の就職課に向かった。

春にはスーツ姿の学生が頻繁に目に入ったが、もう同志はほとんど見られない。体にまとわりつくような梅雨にも気鬱を後押しされながら傘を畳み、かえでは就職課のある建物の自動扉を入る。

はからずも顔なじみになった職員が、奥のオフィスから受付カウンターにやってきた。

「おはようございます。面談予約をした才宮です」

「ああ、才宮さん。中でお待ちください。三番のお部屋です」

かえでがカウンター脇の通路を奥へ進むと、金髪に黒のロゴTシャツとフリルスカートを穿《は》いた女子学生とすれ違った。

「あれ、才宮さんだ。久しぶりー」

ハイトーンの声にかえでは目をしばたたいた。おなじゼミの学生だ。髪形も服装もずいぶん思いきった変化を遂げているせいで、気づかなかった。

「最近ずっとスーツだったし、わっかんないよねー！　あたしずっと内定取れなくてさあ、この時期に一個も内定取れないとかガチ死ぬじゃん？　でもやっと内定取れたのー！　さっきアドバイザーのひとに報告したんだ。超嬉《うれ》しくって朝イチ予約入れちゃった」

「そうなんだ……おめでとう」

目を逸《そ》らしたかえでに、彼女は満面の笑みで手を振った。

「才宮さんも頑張れー！　あーやっと推しのライブに行けるー！」

かえでは唇を引き結び、うつむいて面談室に入室した。アドバイザーが現れたときには、嗚咽《おえつ》で挨拶さえ満足にできなかった。


電車を降りて、東西に延びる細い裏通りを東に向かう。

街灯といえば無機質な蛍光色の照明が多いなか、この通りは古い下町の雰囲気を残すためか、あたたかみのある光が灯《とも》されている。等間隔に並ぶそれらは、どれもやわらかな色をアスファルトに落としていた。

かえではうつむき、その色に沿って歩く。

就職課での面談後すぐに別の会社の面接を受け、家に戻る気にもなれずそのままうろうろしていたときに、五葉から電話がかかってきたのだった。

『話、聞いてくれる言うてたやん？　今からええ？』

でも蒼さんが、と言いかけたかえでに、五葉は電話の向こうで言った。

『蒼とも話はしとる。ていうか今、蒼の家におるねん。来れる？』

一も二もなく行くと返事したかえでに、電話を替わった蒼が場所を説明した。ガス灯が今も並ぶ道だという話だったから、この道で間違いないだろう。外見がガス灯の時代だった面影を残すだけで、明かり自体はLEDらしいが。

蒼の部屋を訪れるのは初めてだ。なんとなし、そわそわする。

夏を感じさせる湿気で顔に貼りついた髪を耳にかければ、否応《いやおう》なしに手袋をした手が目に入った。かえではすぐさま手を下ろして視界から外し、足を速める。

裏通りが南北の大通りに合流する手前の、オフホワイトの外装がくすんだマンションに着き、かえではエレベーターで五階まで上がる。エントランスはなかった。

五階の角、1LDKが蒼の部屋だという。おそるおそるインターホンを押すと、相変わらず読みにくい表情をした蒼が出迎えた。

「こんばんは……」

どんな顔をすればいいのかわからず、かえでは蒼の視線から逃げるように頭を下げる。

「……もう足はいいのか」

「あっ、はい！ 大したことはなかったですし。あのときは迎えにきてくださってありがとうございました」

無意識につめていた息を吐く。かえではパンプスを脱ぎ、ヴィンテージ調にととのえられたリビングに足を踏み入れた。

全体的にすっきりとした部屋だ。ウォルナット材の渋くもあたたかみのあるローテーブルとソファに、硬質なアイアンフレームのオープンラックが絶妙なアクセントを添えている。白い壁に飾られた往年の洋画ポスターや、昔の外国の駅舎にあったようなアンティークの時計は美術商という職業柄なのか、趣味なのか。

かえでの知らない蒼の欠片《かけら》が散らばっていて、落ち着かない。

「いらっしゃいやで、かえでちゃん。まあ座り」

ソファの前、モノトーンのラグを敷いた上にあぐらをかいた五葉が、かえでを手招きする。五葉の前にはコーヒーカップが置かれており、かえでも向かい側に腰を下ろした。

蒼がキッチンに立ち、五葉がさっそく切りだす。

「実はなあ、オレ前から才宮家のこと調べとってん」

「えっ？」

かえでは蒼の背中をちらりと見、視線を五葉に戻した。無意識に姿勢を正す。

蒼がかえでの前にカフェオレの入ったマグカップを置き、ソファに腰を下ろした。

「オレの知り合いにも、かえでちゃんとおなじ力を持ってる子がおってな。ずーっとなあ、チャリで放浪しながら、知り合いとおなじ能力を持つやつを探しとってん。おかげでオレの人脈すごいことになっとんで！」

「お前の留年数もな」

せやろ、と五葉はなぜか自慢げだ。

「そうやってあちこち行ってるうちに、才宮家の噂《うわさ》が飛びこんできてなあ。今はもう廃れてしもたけど、その昔には特殊な能力を仕事にしとったって。そんで、探偵ばりに探ったったんや。だから、あの家で蒼の車を見つけたときはほんまに驚いたし、家から出てきた子が手袋をしてるのを見たときは、興奮して踊りそうになったわ」

五葉が見たのは、香子《たかこ》の依頼を終えたあとのことだろう。あのとき、眠りから目が覚めたときには蒼は帰っていて、かえでも祖母の家には泊まらず自宅へ戻った。

「かえでちゃんになんとか近づこう思て、それとなく探りは入れとったんや。けどキーホルダーの件はほんまに偶然。ほら、オレがはさみを取ろうとして引き出し開けたやろ。あんとき、同意書が目に入ってなあ。『消去した記憶の復元はできません』て。そんで、能力持ちやて確信したんや」

「あのときですか……！」

「そや、危うく目ん玉を湯呑みの中に落とすとこやったわ」

五葉が再現するように目を剝《む》く。かえでは動悸をなだめるようにして、カフェオレに口をつけた。

「しっかし、蒼がもっと早くにかえでちゃんのこと言うててくれたらなあ。オレ、放浪せんと単位取れてたんちゃうか」

「俺も、知ったのは最近だ。知ってたとしても、お前になんか言うか」

それもそうかと五葉が納得する。蒼はいたずらに言いふらすひとではないと再確認して、かえでもほっとした。

「それより早く話を進めろ。能力持ちを見つけて、どうする気だった」

五葉は蒼の質問には答えずにかえでを見た。

「かえでちゃんは記憶を抜いたあと、眠ってしまうんやって？　かえでちゃんが来る前に蒼に聞いてんけど、そのときほかに変わったことはあらへんかった？」

「ほか、ですか？」

「そや、寝てるあいだに別の場所に行ったとか、誰かに会ったとか」

かえでは首を横に振る。そんなの、まるで夢遊病者のようではないか。

もしそんなことがあれば、蒼が知っているかもしれないと思ったが、蒼も心当たりはないという。

「ほな、オレの記憶を抜いてみてくれん？」

話が飛躍している。かえでは困惑した。

「それだけでは事情がわからないのですが……。一度、記憶を抜いたらお返しできないんですよ？」

「知っとるよ。そんでも頼むわ、かえでちゃん。前世から探してたんちゃうかっていうくらい、かえでちゃんを探してたんやで」

明るい調子で言われれば、まるで熱烈な告白みたいだ。だがその目の奥には、これまでの依頼人と同様、切実な光がある。

かえではしばらく逡巡《しゅんじゅん》したが、マグカップをテーブルに置くと、蒼に向き直った。

「蒼さん、わたし」

依頼を受けたいと続けるまもなく、蒼がかえでのスーツ姿を目で指す。

「また倒れる気か？　就活してろ」

「就活は……また落ちたところですけど、でも」

かえでは蒼のほうへ膝をつめる。ようやくこの手を直視できるようになりかけた矢先に、あなたには価値がないと企業から突きつけられたのだ。

なんでもいいから役に立ちたい。役に立てる存在だと思いたい。

「話にならないな」

「でも！」

「でも」と、蒼が声を被《かぶ》せた。

「そう言ったところで引く気もないんだろ。これを最後にするなら、やればいい」

かえでは目をぱちぱちさせた。

「それはお約束できませんけど……」

「なら勝手にしろ」

蒼は意外にもあっさりと引き下がり、かえでは拍子抜けした。だが、蒼の気が変わらないうちにと手袋を外す。呼吸をひとつ、覚悟を決めるようにする。

ともかくこれで、力を使うところを蒼に見せるという約束も果たせる。

五葉がテーブルに肘を乗せ、手のひらを仰向けにした。

「小指だけでいいですよ？」

「ええねん。手、ちゃんと繋《つな》ご」

「わかりました。……手を繋ごうって言ってくださったのは、五葉さんが初めてです」

「かえでちゃんの初めての男かあ。嬉しいなあ」

五葉が蒼に向かって意味ありげににやにやしたが、蒼は無表情のままだ。かえでがやると言い張ったから、気に食わないのに違いない。蒼の不機嫌そうな顔は胸に刺さる。

かえでは蒼に従わなかったことを心の内で謝りつつ、五葉の手におずおずと手を重ねる。

ぐいっと手を引き寄せられ、がっちりと両手で包まれた。

さっそく、細い電流を通されたような痺《しび》れが手の先から体の中心へ走る。

かえでは目を閉じて、その流れに意識を集中させる。

でもそれだけ、だった。

「……え？」

いつもなら流れてくる、ぬるま湯のような記憶の気配がいっさいない。

代わりに、なぜか視界が急速に霧に覆われたかのように白く染まっていく。

ああ、歩かなきゃとなぜか思って、かえでは足を踏み出す。

いつのまにか敷き詰められた白い砂が、さく、と乾いた音を鳴らした。


うっすらと目を開ければ蒼の仏頂面が目の前に迫っており、かえでは跳ね起きた。

「すみません寝ちゃって！　またご迷惑を……」

「具合は？」

あたふたとするかえでを、蒼が淡々と遮る。

「いえ、体はなんともないんですけど」

蒼が息を吐く。また迷惑をかけたのを申し訳なく思ったが、それどころではない。

「すみません。わたし……」

蒼と五葉の顔を交互に見て、かえでは引っこめた手をぎゅっと握り合わせた。小さな震えが背中を駆けあがる。

「五葉さんの記憶を……抜けませんでした。能力が使えなかったんです」

陽気な五葉にそぐわない、切迫した態度で頼まれたのに、なにもできなかった。

鼓動が乱れ、指先から温度が引いていく。

なぜ力が使えなかったのか。疑問ばかりが浮かんで、答えがさっぱり浮かばない。焦りが膨らむにつれて、呼吸が荒くなる。

偶然かもしれない、まだこの力が消えたと決まったわけじゃない。

でも、もし力がなくなったんだとしたら。

うっかり誰かに触れやしないかと、身を縮めて暮らさずにすむ。無遠慮にぶつけられる好奇の目もなくなる。触れた他人の記憶に心が重くなることもない。やっとふつうの生活ができる。

なのに、心に針で穴を開けられた気分がする。そこから、これまでかえでの形を保っていたものが漏れ出るのを止められない。

「力がなくなったか、たしかめてみるか？」

顔を上げたかえでの前に、蒼がおもむろに手を出す。

五葉の浅黒くむっくりとした手とは別の、すらりと骨張った手。魅入られたように目を落とし、かえではいよいよ震えが止まらなくなった。

「……やめておきます」

かえでは手を膝上に引っこめた。血の気が引くのが自分でもわかる。

「ほ、ほんとうに力が消えたのか、わかりませんし。もしも蒼さんの記憶を抜いてしまったら、取り返しがつかないですから」

「そうだな」

蒼はあっさりと手を戻した。

「だが、今の状況では、依頼を受けるのは無理だな」

「……はい」

依頼されても応えられないかもしれないのだから、しょうがない。かといって消えたとはっきりしない以上、素手での生活もできない。

依頼を受ける以前の生活に、逆戻りするだけ。

かえではうつむいたまま、震える手にのろのろと手袋を嵌《は》める。

白い手袋に、ぽつりと濃い染みが広がった。

＊

蒼が、頑《かたく》なに固辞するかえでを最寄り駅まで送って戻ると、寝室のベッドが五葉に占拠されていた。

問答無用で五葉の脛《すね》に蹴りを入れ、読んでいた漫画を取りあげる。五葉が情けない悲鳴を上げてベッドの上に体を起こした。

「お帰りやで、鬼畜の蒼ちゃん。ほんまにあれでよかったんか？　かえでちゃん、めちゃくちゃ凹《へこ》んでたやんか」

「かえでには、あれくらいしないとだめなんだ」

「そうは言うても、眉ひとつ動かさんとようやるわ。面の皮が五層はあるんとちゃうか。剝がしても剝がしても皮が待っとる気ぃするわ。蒼が感情を剝きだしにすることなんて、ほんまにあるんかいな」

「前にかえでにも似た質問をされたが、俺はロボットじゃない。ままならないことが起きれば人並みに動揺もするし、怒りや恐怖をぶつけもする」

「ままならんことって。蒼の場合、天変地異ぐらいしかない言うてるのと一緒やん」

五葉が両腕を抱えて震えてみせる。もう一度、脛《すね》に蹴りを入れるべきか。

「お前こそ、かえでの能力を知りながら黙って近づいておいて、よく言う」

「すまんって！　だからちゃんと説明したやんか」

五葉が降参の印に両手を上げたが、蒼は取りあげた漫画の角を五葉の頭にお見舞いした。

「ぐえッ」と潰れた蛙《かえる》のような声が上がる。

「あれのどこが説明だ。かえでは絆《ほだ》されたが、俺は違う。お前が、消してほしい記憶について最後までひと言も話さなかったことくらい、気づいてるからな」

五葉は頭をさすり「痛いわあ」とぼやく。

「かえでちゃんはええ子やなあ。力を使ったらヤバい言われたら、そりゃ蒼も心配になるわ」

少し前に生谷から聞かされた話を思い返す。蒼は意図せず顔をしかめた。

『間に合っているといいのだけど……かえでさん、まだ意識は正常ですか？』

思わせぶりな口調で訊《き》かれれば、問いつめたくなるのも当然だろう。

蒼は生谷と、彼女の勤める病院近くのファストフード店で落ち合った。ちょうどかえでが五葉と出かけていたころだ。

「ちょうどよかった、私も話がしたかったの。でも、推測の話を才宮さ……吉野さんに言うのはよけいな心配をかけそうで」

生谷は自分から切りだしておいて、言いにくそうにした。口を開いたのは、蒼が薄いコーヒーを飲み干すころになってからだ。

「思い過ごしならいいんだけど。かえでさんの、あの状態……記憶を抜いたあとの状態のことよ。あれは、ふつうじゃないと思う——」

記憶を抜くのがそもそも説明のつくものじゃないんだけど、それにしてもよ。

かえでさん、眠るというよりほとんど意識消失の状態だった。

医者に簡単に見せられる症例ではないし、私の憶測に過ぎないんだけど……あれ、体にかなりの負担があるんじゃないかしら。

あなたも気づいてた？　そう、気づかないわけないわよね。

私なりに考えてみたの。かえでさんは、抜いた記憶を自分の頭の中に引き取るのよね。

たぶん、他人の記憶を自分に引き受けることで、自分と他人の意識の境目が曖昧になるんじゃないかな。

だからこそ他者に共感できるんだろうし、逆に共感する力がかえでさんの能力に直結するのだとは思う。

私も、かえでさんが寄り添ってくれたから、報われた気持ちになれた。私のほかにも、救われるひとは多いはずよ。

でもね。この仕事も患者に寄り添うことが求められるけど、寄り添いすぎると、その感情に流されて自分を見失ってしまうの。実際に、患者の感情に引きずられて心を保てなくなった同僚を見たこともある。

だから私たちはある程度、心を麻痺《まひ》させる術《すべ》を覚えていく。残念だけれど、そうやって自分を守りながらでないと、患者と関われないの。

けれどかえでさんは、全力でしょう。加減を知らない。

記憶を引き受けて意識が混濁するだけでも負担なのに、他人の感情まで引き受けてる。

だから、あのぐったりした状態……脳が耐えきれなくなってショートするんじゃないかしら。

「――このまま記憶を抜き続けたら、いつか目を覚まさなくなるかもしれない。それが心配なのよ」

思い過ごしですよと、蒼は笑い飛ばそうとしたが、できなかった。

『力はもう二度と使うな』

かえで自身も断り切れずに能力を使ってきただけで、使いたくないのが本心だろう。そう思ったのに、蒼が忠告してもかえでは不服そうだった。

ともかく、とかえでの代わりに五葉へ断りを入れようとした矢先に、五葉から言われたのだ。

『オレの記憶は、かえでちゃんには抜かれへんで。かえでちゃんと手ぇ繋ごうがハグしようが、かえでちゃんの心配するようなことは起きひん』

記憶を抜けない——ふつうは驚くべきことでもなんでもないのだが、蒼は驚いた。驚いた自分にも驚いた。

いつのまにか、かえでの能力が蒼のなかでも事実として存在している。

そう気づいたとき、蒼は五葉の事情を利用することを思いついた。

久しぶりに会ったかえでは、どこか意地になっていた。就活が思うように進まないからか、異能に自分の価値を見出《みいだ》そうとしている。

それ自体はいい。だが、かえでの様子はまるで異能にしか自分の価値がないといわんばかりで、危うかった。

――これではますます、他人のために身をすり減らしかねない。

だから蒼はかえでの主張に負けたふりをして、五葉に触らせた。

予想どおり、かえでは依頼を受けるのをやめろという蒼の言葉を受け入れた。

「かえでは、これでよかったんだ。お前の事情が聞けてちょうどよかった」

「そのわりに、浮かへん顔しとんな。かえでちゃんを傷つけてもうて、気が咎《とが》めてんのやろ」

「そうじゃない。元はといえば俺がかえでをけしかけたから、反省してるだけだ」

だが、依頼を受けるのは無理だと知ったときのかえでの顔が、胸にこびりついて離れないのも事実だった。

自分のしたことが間違いだったとは思わないが、どうも据わりが悪い。蒼はすうすうする胸をさする。

「まったく。どうちゃうねん。蒼も難儀やなあ。まあ……もっと難儀にさすのはオレか」

「どういう意味だ？」

五葉が返事もせず布団に潜りこもうとしたので、蒼は掛け布団を引っ剝がす。

「そういや、かえでを返してやれないと言ったな？　あれも意味がわからない。かえでは帰ってきてる。だいたい、お前は自分の記憶は抜かれないのを知りながら、なぜかえでと手を繫《つな》ぎたがった？」

「すべてはかえでちゃんが行けてからやなあ。ま、それは置いといて。よしゃ、蒼、飲むか！　ええ焼酎《しょうちゅう》、出したる」

五葉は返事を曖昧にしたまま、からからと笑って抱きかかえていたものを布団から取りだした。キッチンに置いてあったはずの桐《きり》箱入りの焼酎だ。

五葉が普段以上にふざけるときは、打ち明ける気のないときで、蒼は嘆息した。

「それは俺ので、俺は明日、出勤だ。説明する気がないなら、暇な学生はさっさと帰れ」

ふたたび布団に潜ろうとする五葉を、蒼は尻に蹴りを入れて阻止する。

五葉が大げさに泣き真似《まね》をして、リビングに移動する。蒼も五葉を追いだすつもりで寝室を出た。

「……蒼」

ところが、五葉が妙にあらたまった声でふり返った。笑いが中途半端に固まった顔で、床を指さす。

蒼も目でその先を追った。

「なんだこれは」

「桜や。……かえでちゃんは、行ったんやな」

「桜？　もうすぐ七月だぞ。なんでこんなところに」

かえでが座っていた丸クッションに、淡く染まった花びらが散り落ちている。

眉をひそめる蒼の隣で花びらを拾いあげた五葉の顔は、いつになく深刻で、それでいて今にも泣きだしそうだった。

4．前世の恋人

かえでは祖母に五葉《ごよう》との一件を伝えたが、祖母からめぼしい情報は得られなかった。才宮《さいみや》と同様の力を持つ人間の存在は、祖母にとっても初耳らしい。知らなかったのを何度も謝られ、かえではそのたびに祖母を慰めなければならなかった。一方、力が消えたかもしれない件については、祖母はほっとしていた。

だがかえではまだ、複雑な気持ちを持て余している。そんなときだった。

「才宮かえでって、あなた？」

御影姫美《みかげひめみ》と名乗った女性は、電話口で依頼があるとまくし立てた。

「すみません、今は依頼を停止してるんです」

「それはあなたの勝手な都合でしょ。あたしにも都合があるの。今から行くから」

返事をするまもなく、電話は切れてしまった。

かえでは蒼《そう》にメッセージを送った。即座に「断れ」と短い返事が届く。続いて「俺も行く」。かえでは急ぎ足で祖母の家に向かった。

夜の六時半を越えても空には茜《あかね》色の残照が差す。じっとりと重い湿気を含んだ夏の空気が、長袖カットソーの内側に籠《こ》もった。

電車を乗り換えて歩き、祖母の家の門をくぐる。母屋に向かいかけたかえでは、背後からの声に肩を跳ねさせた。

「あなた、ここのひと？　才宮かえでっていう女はいつ来るの？」

「才宮かえではわたしですが……」

「えーっ、思ったより若いんじゃん。高校生でこんなことしてていいわけ？」

「二十一歳の大学生です」

「げっ、あたしより一コ上？　あたしの妹のほうが歳上《としうえ》に見える」

姫美はかえでが勧めるのを待たずに離れの玄関を開け、居間に上がる。かえでは当惑を覚えながらも、あとに続いた。サンダルを脱ぐ姫美のつま先に施された、花火の柄のネイルアートが目を引く。

揃《そろ》いのネイルアートをした手元も、ていねいにアイロンを当てた髪も、雑誌の中から出てきたかのようだ。いかにも充実した大学生という感じがする。

これもまたかえでが勧めるのを待たず、姫美はさっさとソファに腰かけた。

「あなた、記憶を操作できるんでしょ？　操作したいやつがいるのよ、ちょっとお願いできない？」

向かいに座りかけたかえでは、つんのめりそうになった。

「待ってください。操作はできません。できるのは記憶を抜くことだけです。それに、わたしがお受けするのは依頼人自身の記憶についてのみですから、他人の記憶は抜けません」

「なぁんだ、大したことないんじゃん」

「御影さんはおばあさま……吉野《よしの》からの紹介なんですよね？」

なぜ誤った情報が伝わっているのだろう。祖母が間違えるとは思えない。

「違うわよ。そのひとが話してるのを聞いたの」

姫美の視線を追ってかえでがふり返るのと、蒼が居間に姿を見せるのは同時だった。いつのまに。

蒼の会社は、すこぶるホワイトな職場なのだろうか。それとも、蒼が優秀だからか。

こちらから連絡を入れたものの、顔を合わせるのは気まずい。かえでは五葉の記憶を抜こうとした日以来、蒼に会っていなかった。

蒼は姫美に、かえでの共同経営者みたいなものだと自己紹介をして、かえでの隣に座る。

「この前、バリキャリ風の女性とデートされてましたよね？　あたし、記憶を抜くとか能力とか聞こえちゃって」

姫美はファストフード店の店名を挙げて言う。かえでは思わず蒼の横顔をうかがった。

女性とふたりでコーヒーデート。

「よくその情報でここに行き着いたな……。いずれにせよ、他人を操作するというご要望には添いかねますし、お引き取り願えますか？」

蒼が、営業スマイルと有無を言わせぬ口調の合わせ技で断る。かえでなら意気消沈して帰る場面だ。ところが姫美は甘い声で応戦した。

「でもあたし、困ってるのよ？　あたしの災厄について、なんとかしてくれない？」

姫美は、蒼やかえでの返事も待たず話し始めた。

——高一の文化祭直前の放課後、生徒会室に呼びだされたの。それも生徒会副会長の大《おお》西響《にしひびき》から、チョクでよ。

あり得なくない？　二学期に入ってから遅刻はたったの六日なわけ。保健室だって週の半分しか行ってなかったし、あたし超優秀なんだけど。なんの用なわけって思ったのよ。

だいたい、それまで響とは喋《しゃべ》ったこともなかったのよ？　そんなやついたっけ、っていうレベル。生徒会ってなにしてんだろーね。

とにかく、そんなやつだったからスルーして帰る気でいたのに、校内放送で呼び出されたら皆に声かけられるじゃん？　しかたなく行ったわけよ。副会長権限をランヨーとか、ナニサマのつもり？

でね、ここからよ。あの男、あたしにこう言ったんだってば。

＊

「僕には前世が見えるんだ。前世で僕たちは恋人同士だったんだよ」

生徒会室の中央のテーブルを囲むようにして置かれた、六人分のパイプ椅子のひとつに座った響は、姫美を立たせたまま真顔でそう言った。

生徒会室だからって、豪華な机や椅子はない。中央のテーブルと椅子がすべて。あとは壁に並んだキャビネット。

西日が目に刺さる。しかし姫美が目を細めたのは、西日のせいだけではなかった。胡乱《うろん》な目というやつだ。

「僕たちは結婚間近だったのに、直前で引き裂かれたんだ。だから君は僕と付き合ったほうがいい。いや、付き合うべきなんだよ」

響は真顔だ。……どこから突っこめばいいのか。

「……あんた頭ダイジョウブ？　期末テスト前でとち狂った？　早く帰って寝なよ。テストなんかできなくても死にゃしないって」

爆笑ものだけれど、校内放送をかけてまで呼ぶな。

姫美は今日、ミナトたちとカラオケに行く予定だったのだ。呼び出しのせいでお流れになって、非常に気分が悪い。

「笑い事じゃない。姫、これは事実なんだ。君との結婚を泣く泣く諦めた僕は、ずっと君を忘れられなかった。生まれ変わってからも、捜し続けていたんだ。それでやっと……やっと、会えた」

響がうっとりと目を細める。姫美は唾をのみこんだ。

「あのね、あんたみたいなクソ地味生真面目くんの遊びに付き合ってる暇はないんだけど。まず、姫呼びがキモい。今日は許してあげてもいいけど、二度はやめてよね。じゃ、帰るわ」

「行くな……っ」

姫美は、ダン！　という鈍い音に足を止めた。パイプ椅子が倒れる。

こいつ本格的に頭がヤバいと思ったときには、姫美の足元に影が落ちたあとだった。

「君は僕だけを愛し続けると約束してくれたんじゃなかったのかい……？　僕はその言葉を信じて、生まれ変わったんだ。だから君は、僕から離れてはいけない。そんなことになれば、今世でも恐ろしいことが起きるよ」

目が据わった響に、肌が粟立《あわだ》った。

響のキモ行動を爆笑しながらクラスメイトに報告した次の日、姫美が教室に足を踏み入れたとたん空気が変わった。

喋り声で満ちていた教室が一瞬で静まり、皆の視線が姫美に向く。特に女子からの視線は、どれもこれも敵意がにじみ、かと思うといっせいに逸《そ》らされた。

姫美はこの状況を説明してもらうべく、いつもつるむ友人に近づいた。

「おはよう。ねえ、これなんなの?」

普段なら挨拶してすぐにお喋りが始まるのに、返ってきたのはよそよそしい視線だけだった。

「ねえ、聞いてる? なんか今日の教室、変じゃない? あ、そうそう文化祭の日、あたしの店番のローテ変わったから一緒に回ろ」

「マナたちと回るから」

前から思ってたけど、姫って女王様気取りだよね。大西くんを奪っただけじゃなくて、話をでっち上げて牽制《けんせい》って、エグくない? 姫って前からそういう子だったよね。だよねー。

冷ややかな返答にひそひそ話が被《かぶ》さり、姫美は事態を悟った。教室を飛びだす。行き先は響の教室だ。

「大西響!」

息せき切って教室に飛びこむと、友人に呼ばれた響が顔を上げる。

姫美は教室中の注目を浴びるのもそっちのけで、響を生徒会室へ引っ張りこんだ。

「なんであたしがあんたのせいで、最下層に落ちなきゃいけないのよ！　あんたから皆の前で説明しなさいよ！　すべて僕の頭がおかしいせいですって言え！」

「姫、おはよう。今日も顔を見られて嬉《うれ》しい。今度こそ幸せになろうね」

姫美は響の頬を叩《たた》きたい衝動を、行動に移す寸前でこらえた。

「姫呼びやめて。あたしは好きであんたの顔を見にきたんじゃない」

「響だよ、姫。さっきみたいに名前で呼んでよ。僕らは、前世でも名前で呼び合ってたよ。そうだ、今日から一緒に帰ろう。姫になにかあったらと思うと、心臓が潰れそうなんだ。僕に守らせてほしい」

背中がぞわっと震えた。話が通じない。

響がパイプ椅子のひとつに腰を下ろし、隣の椅子を引く。姫美は頑として隣には座らず、いつでも逃げられるように入り口の引き戸にもたれた。

「お断りよ。あんたがいちばんアブナイ奴だから。あたしには、ミナトもナオタカもいるのよ。今後いっさいあたしに話しかけないで」

しかし姫美が冷めた視線を向けられたときから、ミナトやナオタカも「そちら側」に回っていた。これまでは同中出身のふたりのほうから、姫美に絡んできたのにだ。

残りの高一の毎日は、忍耐を強いられる日々だった。突き放しても声をかけてくる響と、その様子が面白くない女子の板挟み。被害に遭ったのは姫美だが、理解されなかった。

ところが高二になり、風向きが変わった。姫美は響とおなじクラスになり、率先して姫美をハブった女子とはクラスが別れたのだ。

それを機にクラスの雰囲気に変化が訪れた。

響は妄言をやめなかったが、そのころにはクラスじゅうに響の言動は広まっていた。

「大西になんかされたら、あたしたちに言いなよ」

なかには、そう言ってくれる女子も現れた。

ハブられた日々が終わったのには気が楽になったが、やがて姫美と響は周りから生温かい目で見られるようになった。

「大西姫ー、王子が呼んでんぞ。行ってやんなよ」

「また痴話喧嘩？　たまには姫美から折れてあげたら？」

男子も女子も、好き勝手に姫美と響をひとまとめにして噂《うわさ》する。響のせいで姫美まで生徒会に入らせられ、日直もなぜか相手が響に代わっている。

生徒会の用事でしかたなく生徒会室に行けば、響とお弁当を食べるはめになる。

姫美が甘い卵焼きが好きだとうっかり漏らしたら、響はそれから必ず弁当の卵焼きを姫美に渡すようになった。響はキモかったが、卵焼きは絶品だった。

響によると、前世での姫美はミルクホールのオムライスが好物だったらしいが、姫美はひたすら妄言を聞き流すスキルを駆使した。

そのわりに、響は姫美の連絡先を一度も訊《き》かなかった。当然、電話もない。休日に会う約束も取りつけようとしない。

付き合うべきだと言ったのは、なんだったのか。

気がつけばもう十二月。肌を切り裂くように風が吹く。クリスマスはすぐそこだ。

響はどうしたいんだろう。

＊

「クリぼっちはぜったい嫌だし。でも、あんな陰キャ、クリスマスはどう見てもぼっちでしょ。あたしもぼっちよりはマシ、と思って響にクリスマスどうするのよって訊いたわけ。そしたら……思い出すだけでムカつく。人生最大の汚点」

姫美はテーブルを荒々しく叩いた。

「あいつクリスマスは呪われるって言いだして。前世でも、異教の男の誕生日を祝ったから呪われたんだとか言うわけ。まだ前世ネタ引っ張ってんのかよって喧嘩《けんか》して、二度とあんたとは口を利かないって引導渡した。それからは全無視」

姫美の気迫に気圧《けお》され、かえではただ目を丸くするしかない。

「腹は立つし、ほかの男子に誘われてもなーんか乗り気になれなくて断っちゃって、けっきょく初めてのクリぼっちだったわよ！」

思わず蒼と顔を見合わせた。蒼は理解不能という表情だ。

「それで、かえでにどうしてほしいんです？」

「ここまで話してわかんない？　高三になったら響のやつ学校に来なくなって、けっきょく卒業しても弁解もなしなわけよ。後味悪いって。あたしばっかこんな気持ち悪さを覚えなきゃいけないの、世の中間違ってない？　だから同窓会で、前世ネタであたしを馬鹿にしたことを死ぬほど後悔させてやる。これは復讐《ふくしゅう》なわけ。取り返しのつかないことをしたって思わせて、懺悔《ざんげ》させるの。記憶をいじればできるでしょ」

思いもよらない発想である。かえでは目をさまよわせた。

「記憶をいじるという言い方は誤解なんですが……とにかく最初に申し上げたとおり、本人以外の記憶は抜きだせません。依頼者本人に、忘れたい記憶を思い浮かべていただく必要があるんです。御影さんご自身に忘れたい記憶があるならお手伝いできますが……」

右足にこつんと蒼のつま先が当たる。しまった、とかえでは唇を嚙《か》んだ。今は断らないといけなかった。

「響には報復しないと気が済まない。あたしの記憶を抜いて、響に報復できるならそれでもいいわ」

「いえ、そういう意味ではなく」

　かえではすかさず否定するが、姫美の目は名案を思いついたとばかりに輝いた。

「ねえ、再会してあたしが響をぜんぶ忘れてたらどう？　響のやつ、凹《へこ》むんじゃない？　そうよ、記憶喪失ネタなんてバッチリじゃん！　それよそれ、響のことなんか、なにもかも忘れればすっきりする」

　ぐっと喉がつまり、かえではテーブルの下で両手を強く握った。

「それは……せめて、忘れたふりをするだけじゃだめですか？」

「あのさあ、あたし、あなたに相談にきたわけじゃないの。立場わかってる？」

　愛想笑いのひとつもできず、かえでは硬直してしまった。黙って話を聞いていた蒼が口を開く。

「依頼をなさるのでしたら、依頼料をお支払いください。うちは前金制です。金額は十万円からで、上はお客様のご厚意にお任せしますが」

「十万!?　ふっかける気？」

　姫美が目を丸くするが、かえでも仰天した。

　この能力の価値云々を抜きにしても、報酬の金額を決めるのは依頼人であり、十万円の記載はどこにもない。

　うろたえるかえでと反対に、蒼は平然とした顔を崩さなかった。

「表に出ない商売を頼ってまで記憶を消したいと望まれるからには、相応のお気持ちでここへ来られたはずです。それともお客様は、今おっしゃった記憶を消すことに価値はないとお考えですか」

「なんでよ！　そっちだって、ちょっとあたしに触るだけでいいんでしょ？　なにも寿命を削ってるわけじゃなし。わかった、渋るのは実は詐欺だからなんじゃないの？」

「支払う気はないと？」

蒼の周りの空気がすっと冷え、かえでは思わず身震いした。蒼も当初は詐欺ではないかと糾弾したのに、ずいぶんな変わりようだ。

「では今すぐお引き取りください。こちらにも客を選ぶ権利がございますので」

「イカサマ！」

姫美の訪問は、来たときとおなじく唐突に終わってしまった。

姫美が帰ってからも、胸の奥にしこりが残ったまま消えなかった。あんな風に追い返してよかったのか、考えてしまう。

蒼の言うことは正しい。かえでの能力が消えたかもしれないなかで、依頼を受けるわけにはいかない。失敗したときに予想される揉《も》め事を考えたら、依頼人に取り下げさせるべきなのは理解できる。

まして、今回は依頼人の目的がこれまでと違う。誰かを傷つけるために記憶を抜くなんて、かえでももやもやしたのは否定できない。

けれど、相手を傷つけたいと願うのは、裏を返せばそれだけ自分が傷ついたからとも思えるのだ。その傷まで、このまま無視していいのか。

姫美だけじゃない、五葉もかえでの力を求めてくれている。なのに、なにもできないままだ。

「って、それより、まだエントリー受け付け中の会社を探さなきゃ……」

無意識にひとりごちてわれに返った。ひときわ明るい一角が目に入る。

自宅最寄り駅の白い明かりが迫ってくる。いつのまにか、電車にも乗らずに歩き通してしまったらしい。

「あなた、あのときの女子じゃない？　ホームの待合室で話聞いてくれた……」

かえでは駅を通り過ぎようとした足を止め、ふり向いた。ノースリーブのブラウスにくるぶし丈のパンツを穿《は》いた女性が、小さく手を振る。

「パワハ……じゃなくて、おしるこの！」

「やっぱり！　また会いたいと思ってたの。大丈夫？　気分悪い？　救急車呼ぶ？」

歩き疲れたからか、かえでがふらつくと、女性がボブに切りそろえた髪を揺らして駆け寄った。顔を見合わせ、かえでたちは同時に口元をほころばせる。

「笑えるなら救急車じゃないね」

女性に誘われ、かえでたちは駅前の蕎麦屋《そば》に入った。カウンター席とテーブル席が片手で足りる数だけの簡素な店内は、仕事帰りのサラリーマンで賑《にぎ》わっている。

かえでたちは冷房の効いた奥のテーブル席に腰を落ちつけた。

「あれからどうしていらしたのか、気になってました」

「どうしてたと思う？」

笠山千登世《かさやまちとせ》と名乗った女性は席につくと、リネンのカーディガンを羽織った。そうしてみるといかにも会社員という感じがする。バッグも書類が入る大きさだ。

かえでが無意識に眉を下げると、千登世が「違うって」と笑った。

「今日は職場に荷物を取りにいっただけ。今は有休を消化中で、今月末で辞めるの」

千登世が、隣の椅子に置いた紙袋を軽く持ち上げる。引き取ってきた荷物らしい。その顔色は、前には見られなかった生気を映して明るい。

「かえでちゃんに声をかけられた日ね、帰宅してバッグから家の鍵を出そうとしたら封筒を見つけたの。なんだっけと思って、部屋に上がってすぐに封を開けたわ。なんと遺書だったの」

出されたお茶に口をつけたかえでは、危うくむせそうになった。

「びっくりした。自殺する理由が思い当たらなかったんだもの。でもほら、かえでちゃんにかけられた言葉とか思い出して……あのとき線路に飛びこむつもりだったんだなって、しっくりきたのよね」

部屋の冷蔵庫は空っぽで、キッチンは磨きあげられていた。部屋には埃《ほこり》ひとつ落ちていなかった。下着はすべて処分されていた。

「ふしぎよね。死んだらそれで終わりなのに、警察に下着を見られるのは嫌だって思うものなんだなって、自分で自分に感心したわ。でも、綺麗《きれい》すぎる部屋と遺書を見たら……ぞっとした」

千登世は翌日、職場の内部統制部署に遺書を提出したという。上司からの、明らかにパワハラとわかるメールの数々も提出した。

すると、それまで我関せずだった同僚が証言すると申し出てくれたそうだ。結果、上司の懲戒免職で幕引きとなった。

「笠山さんはどう証言なさったんですか？」

本人の記憶がなければ証拠不足になる可能性がある、と蒼に指摘されてから、ずっと気にかかっていた。かえでの行動が、足を引っ張ったのではないか。

「そんなの思い出したくもないし、『遺書がすべてです』って言ったわ。でもそれで伝わったみたい」

かえでは安堵《あんど》の息をついた。千登世が思い出そうにも、思い出せないのが事実だけれど。

千登世はざる蕎麦が運ばれてくると、テーブル端の箸箱から箸を二膳取りだして一膳をかえでに渡す。

いただきます、と手を合わせたかえでは、ひと口めで歓声を上げた。

「おいしい！　爽やか……！」

蕎麦の香りが軽やかに鼻を抜ける。麺はコシがあって、嚙み応えがある。喉をつるりと滑り落ちていく爽快感もたまらない。お腹《なか》も心も満たされ、最後はまろやかな蕎麦湯でほうっとひと息つく。

「ねえ……でもあれ、ほんとだったの？」

店員が空の蕎麦皿を下げるのを待って、千登世が声をひそめる。嘘《うそ》だよね？　と目が訴えている。記憶を抜くと提案したことを指したのだ。

「下手でしたよね。あのときはそんな文句しか思いつかなくて」

かえでは一瞬だけ唇を嚙みしめて笑顔を作る。

誰もが信じてくれるわけじゃない。千登世の反応は自然なものだ。わざわざ怯《おび》えさせる必要もない。

「やっぱりそうよね！　ほんのちょっとだけ事実かもって思ったけど。メンタルがやられすぎて忘れたとか、そんなところね。でも、塵《ちり》ひとつない部屋に帰ってきたときは、帰ってこられたって思ったんだよね。かえでちゃんのおかげ」

「帰ってこられた？」

「そ。偉いよって。よくやったよって。そのとき初めて自分を労《ねぎら》ったんだよね。その前は、自分は仕事もできないダメな人間だって、そればっかり思ってた気がする。よく覚えてないから、想像だけど」

他者に認められない苦しさは、まさにかえでが現在進行中で感じているところだ。心臓がぎゅっと縮む思いがした。

「いま思えば、他人の評価に依存してたから、否定されて潰れたのよね」

「じゃあ、どうすれば……？　ひとに認められないと不安になりませんか？」

顔が強張《こわば》り、つい縋《すが》るように訊《き》いてしまう。千登世は知ってか知らずか「うーん」と軽い調子で考えるそぶりをした。

「他人に認められる機会なんて、基本的にないものだって気づかされたのよね。だって相手と私は別の人間で、完全には分かり合えないんだから。だからもし、相手が私という人間を知って少しでも認めてくれたら、すごくラッキー。……くらいのスタンスでいればいいんじゃない？」

かえではあっけにとられた。

「そんな感じで……いいのでしょうか？」

「いいと思えばいいのよ」

千登世がおどけたふうに肩をすくめる。以前の思いつめた様子からは考えもつかない、肩の力が抜けた仕草だ。かえでも、強張りが解《ほど》けるのを感じる。

奢《おご》ると言い張られ、かえではデザートのシャーベットまでご馳走《ちそう》になって店を出た。

「お蕎麦、絶品だったね。次はなに食べよっか？　焼き肉なんてどう？」

「好きですけど、あまり食べたことはなくて……あの？」

千登世が笑って手を出す。連絡先を交換しようという意味だと気づき、かえでは戸惑いつつバッグを探る。

「さっきの続き。ラッキーをただ待つのも、ときには疲れるからね。もっと自分でも労ってあげなくちゃ」

千登世がかえでの差しだしたスマホを取りあげ、連絡先を登録する。そんな風に誰かと繋《つな》がる経験は初めてだ。

困惑するものの決して嫌ではない。むしろ胸の内がくすぐったい。

「毎日ご飯食べて寝て、仕事したくもないのに会社に行ったり、払いたくもないのに税金払ったりしてるんだからね。それだけで偉いし、労わなくてどうするの」

だしぬけに、一本の芯が自分の中で形をとり、すっと体の中心を貫いたような感覚に襲われた。

その芯は細く、折れ曲がりやすい。ともすれば見失いそうになる。でも自分の外に杖を求めなくても、立つにはじゅうぶんだった。

「……焼き肉、楽しみです。わたしもたくさん食べていいですか？」

ふわりと軽くなった心を抱えて頭を上げれば、千登世が「そうこなくちゃ」とスマホをかえでに返した。

「よしよし、パフェもつけよう。ちゃんとお腹の準備をしておいてよね」

翌日、かえではふたたび就職課に寄った。

もう涙が出てしまう心配もない。アドバイザーと相談して、これまでの面接で口にしてきた回答をすべて見直す。

それから蒼に、「話がしたい」とメッセージを送った。

かえでは手袋を嵌《は》めると、いくらか緊張しながら家を出た。電車を乗り継ぎ、待ち合わせ場所へ向かう。

「なんで川なんだ？」

待ち合わせした飛び石付近には、Tシャツ姿の蒼が先に来ていた。今日は、仕事が休みなのだ。

「せっかくのいい天気なので、お散歩したいなあ……と思いまして」

「いや普通に暑いだろ」

　蒼は渋りながらも、帰りはしなかった。川沿いをふたりで歩く。

　太陽の光は強烈で、立っているだけで汗ばんでくる。川面に散らばる光が目に刺さり、かえでは長く眺めていられずに視線を前方に戻した。ショートパンツの下からすらりと伸びる脚が健康的な、高校生くらいの女子ふたりとすれ違う。

　幼児が飛び石から身を乗り出して川面に手を入れ、水をすくっては放る。はしゃぐ幼児と対照的に、日傘を差して見守る母親はいつ川へ落ちるかと気が気でなさそうだ。

　蒼がTシャツの胸元を持ってぱたぱたとあおぐ。

「蒼さんの横を歩くのは新鮮です。いつもうしろをついて歩いていたので」

　途中の自販機で飲み物を買い、柳の木のそばに設置されたベンチに座る。湿度をたっぷり含んだ風に、鈴なりの葉を載せた枝がしなる。

　濃い影が、整備された遊歩道の上で揺れた。

「昔、おばあさまのお使いで、蒼さんと一緒に豆餅を買ったことがあったんです。おばあさまとお客様の分、それから蒼さんと私のおやつの分。でもどうしても家まで待てなくて、ここで蒼さんと食べて帰りました。そうしたら、まだ袋を渡す前からおばあさまに怒られました。粉が口の周りについたままだったんです。外で食べるなんてはしたないって、それはもう恐ろしくて……いま思えば、おばあさまが怒ったのは、外で手袋を外したからだとわかるんですけど」

　隣で缶コーヒーに口をつける蒼の表情は変わらない。それはそうだろう、懐かしいのはかえでだけだ。

「豆は健康にいいっていうのがおばあさまの口癖で、蒼さんにも必ずといっていいほど豆餅を出すんです。わたしは内心、ケーキも食べたいなと思ってました」

　揺れる柳の向こう、川の反対側を、小学生の兄らしい子どもが妹と思われる女の子をふり返り、手ぶりで早く来いとせっつくのが小さく見える。その姿に、幼い日の蒼とかえでが重なった。

「あれ、蒼さんももしかしてケーキ派でした？　いつもふたつくらいペロッと食べてたので、豆餅がお好きなのかと勝手に思ってたんですけど」

「別に、どっちでもない。ケーキでもいいんじゃないか」

　記憶がないのだから、気のない返事になるのもしかたない。胸を爪で引っかかれたような気分を小さく笑ってごまかし、また川向こうへ目を向ける。

「じゃあ次があったら、ケーキにしますね。わたしはオペラっていうケーキが好きなんですよ。チョコレートが濃厚で、でもふしぎとしつこくないんです。ひとり暮らしをして初めて食べたときには、感動しました」

「そうか、吉野さんの家で育ったんだったな」

「はい。そうそう、妹ができたんですよ、わたし。妹は母と新しい家族と暮らしていて……ちっちゃくてかわいいんです」

ほら、とスマホに保存した写真を蒼に見せる。上下の繋がった服を着た赤ん坊が、仰向けで拳を固めているお気に入りの一枚だ。頬は豆餅よりやわらかそうで、口の周りが涎《よだれ》で汚れている。

「赤ん坊はどんなでもかわいいな」

蒼が目を細める。思いのほかやわらかな表情に、ふいに胸がざわつき、かえではこっそり首をかしげた。すぐに大したことじゃないと思い直す。

「おばあさまによると、今年で四歳になるんですって。早いですよね」

蒼が画像からかえでに顔を上げた。

「家に帰ってないのか？」

「この手で赤ちゃんのお世話をするのは危険ですから。わたしがいくら手袋をして注意していても、寄ってこられたら大変ですし」

「赤ん坊の記憶を抜いたところで、大したもんでもなさそうだけどな。メシくれとか眠いんじゃボケとか、赤ん坊の頭んなかってそんなもんだろ」

むせそうになり、かえでは胸を叩《たた》いてこらえた。飲みかけのレモンスカッシュが気道に入ったではないか。

そういう飾らない言葉が、かえでの心をどれほど軽くするか、蒼は知らないだろう。かえでは頰に落ちた髪を耳にかけて、蒼に向き直る。

「――蒼さんの記憶を最初に抜いたのは、わたしが小学校に入学したてのころです」

唐突な打ち明け話にも、蒼は表情を動かさなかった。その話題を予想していたのかもしれない。

かえでは二度のアクシデントについて、謝罪とともに打ち明けた。

「俺の頭んなかも、赤ん坊と変わらないな。抜いても大したもんじゃない」

顔が強張った。返事ができずにいると、苦笑しかけた蒼が表情をあらためる。

「違う、誤解するな。かえでとの思い出が大したことないという意味じゃない。言いかたを間違えた。負い目を感じる必要はないと言いたかっただけだ」

「でも、力を見せれば手を打つって」

再会したとき、記憶を抜かれたと知った蒼が、許すために提示した条件がそれだった。だから、まだ許されていないはず。

蒼は顔をしかめた。

「あれは……いや、その話は今はいい。とにかく負い目を持つな。そんなもん背負われたら、俺も重い。で、記憶を抜いたのはその二回か？」

かえではうなずく。

三度めのことだけは、言うつもりはなかった。

「ならこの話は終わりだ」

あっさりと受け流されたのには驚いたが、かえではふたたび首肯した。

いちばん重い荷だけは、これからもかえでが抱え続けるべきものだ。だが、多少なりとも息をするのが楽になる。——やっと言えた。

「蒼さん。……わたし、やっぱり姫美さんともう一度話をします」

「唐突だな。力も使えないのにか」

「でも蒼さん、言ってたじゃないですか。苦しい記憶ほど忘れられない、忘れられないから忘れたいんだって。姫美さんは復讐《ふくしゅう》だなんておっしゃってましたけど、もしこの前の話が実は苦しいっていうSOSだったら、知らない振りをしたら後悔する気がして」

じっと目を見つめると、蒼が深いため息をついて立ちあがった。

逆光のせいで表情は読み取れない。かえでは頭の上に手をかざし、蒼の返事を待つ。

「……話を聞くだけにしろよ。力は試すな」

「でも、ひょっとしたら今度は使えるかも」

「使えない。ぜったいに使うな、わかったか。その代わり俺も手伝う。それと就活はさぼるな」

「はい！　ありがとうございます」

なんだかんだいって、蒼はやっぱり面倒見がいい。場違いにそんなことを思って、頬がわずかに火照る。かえではレモンスカッシュを勢いよく喉に流しこんだ。

またむせそうになって胸を叩けば、蒼が呆《あき》れ顔で空になった缶を取りあげる。

「そんな喜ぶことか？」

「喜ぶことです！　そうそう、姫美さんの前でのあれも、ありがとうございます。実はちょっとスカッとしました」

蒼がなぜか目をみはる。つかのまかえでの視線を受け止めてから、眩《まぶ》しそうに目を細めた。

右を見ても左を見ても、かわいいが大集合している。

雑誌の読者モデルも真っ青の、素材よしメイクよしファッションよし、な女子大生が見放題。聞こえてくる声のトーンはどれも高くて華やかで、若さと色気が弾《はじ》けている。

おなじ大学生なのに、とかえでは打ちのめされそうになった。女子大のキャンパスはまるで別世界だ。

キャンパス内をひたすら目当ての建物に向けて歩く。構内のイチョウの葉から零《こぼ》れ落ちる日の光まで、華やかに見える。

辺りに満ちあふれる「かわいい女子」オーラに圧倒され、かえでは道の端へ端へとつい寄ってしまう。恐れ多くて真ん中を歩けない。

指定された場所はキャンパス内では比較的新しい、レンガとガラスのバランスがモダンな造りの建物だった。建物までドラマかなにかのロケ地になりそうだ。

かえでは、誰にともなく「失礼します」と断って自動扉をくぐった。吹き抜けになった、白を基調とした開放感あふれるフロアを二階へ上がる。

「ここよ、ここ。早くきなさいよ」

声のしたほうを見あげると、姫美が大階段を見下ろせる位置にあるカフェテリアの席から小さく手招きしている。かえでは白とベージュで統一された、オープンスタイルのカフェテリアに入った。

「お待たせしました」

アイスティーのプラカップを手にして席につく。

姫美のファッションはほかの女子大生以上に甘ったるい。肩の部分にフリルのついたコーラルピンクの半袖カットソーに、ベージュの膝上タイトスカートとラインストーンのついたミュール。

「その手袋ダサいわね。リボンのひとつもないの?」

気後れして縮こまるかえでに、姫美はタピオカミルクティーに載ったソフトクリームを舐《な》めながら顔をしかめる。飲み物も甘ったるそうだ。

「力を使わないためのものなので、飾りなんて考えたこともなかったですね……」

周りに聞かれないよう声をひそめつつ、白い手袋をかざす。夏の手袋は蒸れて暑苦しいが、もう慣れた。

「連絡してきたってことは、さっそくやってくれるんでしょ」

「いえ。復讐を思い直してもらおうと思ってきました」

「なんだ。正義感発揮しちゃったわけ？」

「わたしはひとに諭せる人間じゃありません。むしろ諭されてばかりです」

「反省してんなら、さっさと引き受けなさいよ」

響は記憶にも残れない程度の存在だった、と姫美は彼に突きつけたがっている。

そのやりかたは効果的だろう。かえでにはわかる。

だからこそきっぱりと告げた。

「できません。以前、依頼どおりに記憶を抜く寸前に、お客様が本心に気づいたことがありました。ほんとうに忘れたい記憶は別だったんです。そんなことが二度とないように、御影さんの本心を理解してから依頼を受けたいんです」

「だーかーら、あいつに死ぬほど後悔させたいって言ったでしょ？　何度も言わせないで」

姫美が投げやりな仕草で、スプーンをソフトクリームの山に突き刺す。

「響さんが復讐されても当然の女の敵だってわかったら、迷わずに依頼をお受けできると思います。だからまず響さんに会いましょう」

姫美がこめかみをひくつかせ、勢いよくタピオカを吸った。かわいい女子大生の顔が、般若《はんにゃ》みたい……とはもちろん言えない。

「いいわ。あいつがクズだって、たしかめればいいんでしょ」

決めてからの姫美の行動は早かった。まず、スマホに残された響の電話番号にかけた。

「削除してなかったんですね」

「当然よ。登録してあれば、響からの電話をスルーできるじゃない」

そういうものだろうか。縁を切りたいなら、さっさと連絡先を削除しそうなものだが。

「なんなのこいつ。出ないじゃない！『おかけになった電話は現在使われておりません』だって、ふざけてんじゃないわよ」

姫美がずずずっ、と音が出るのもかまわず、タピオカを高速で吸いあげる。

「こうなったら家に行くわ。ついて来なさいよ」

このときはまだ、姫美もかえでも考えもしなかったのだ。響が、どんな思いで姫美のそばにいたのか、なんて。

かえでたちはその足で、響の実家に向かった。

響の家は、一方通行の標識が乱舞する細い道で区切られた住宅街にあった。目印になる建物はどこにもなく、どれも似たような外観の建売住宅が並ぶ。だが、姫美は一度も道を間違えなかった。

響の家も周りと似た二階建ての一軒家だった。ガレージには車が一台と自転車が整然と並ぶ。玄関ポーチに設置されたプランターでは、マリーゴールドが夏の陽射《ひざ》しにも似た色の花を咲かせている。気持ちよくととのえられた家だが、ふしぎと物悲しい印象を受けた。

姫美はなにかに挑むように響の家のインターホンを押したが、反応はなかった。

「響のやつ、黒歴史は忘れて生意気にもリア充してるってわけ？　ぜったい許さない。家族も留守って。響ん家《ち》、お母さんは専業主婦じゃなかったっけ？」

「どうします？　とりあえず、連絡先を書いたメモだけでも残しておきましょうか」

「なんで、あたしがそこまでしてやらなきゃいけないのよ」

「でも、そうしないと会えませんし……」

「あーっ、めんどくさ！」

姫美がゆるくパーマをかけた髪をぞんざいに払ったときだった。

「その家になにか？」

かえでと姫美は同時にふり返った。高校名の入ったジャージを着た女子が、自転車からかえでたちを見おろす。

「なにって、用事があるから来てるのよ。大西響知んない？」

「すみません！　わたしたち、響さんの知り合いで……同窓会のことで連絡を取りたくて来たんです」

　かえでは姫美の態度にひやひやしながら補足した。細部にはごまかしが入ったが、この場を穏当に乗り切るためである。

　頭のてっぺんで髪をお団子にした女子は、かえでたちをひとにらみして自転車を降りる。門扉の横のガレージに自転車を停《と》めるのを見て、姫美が駆け寄った。

「あんた大西響の妹なの？　あいつ今どこにいんの。連絡取りたいんだけど」

「誰ですか？　まず名乗ってください」

「あっ、そうですよね。わたしは才宮かえでと言います。彼女は御影姫美さんで、響さんの同級生なんです」

「姫？」

「響とおなじ呼びかたはやめて」

　姫美が突っかかろうとするも、響の妹は待っててと言い置いて家に入る。

　かえでは姫美と顔を見合わせたが、妹はいくらも待たないうちに戻ってきた。

「生前の兄から、姫さんにこれを渡すように言われました。受け取ってください」

「生前……って」

姫美の声が初めて揺れる。かえでも言葉を失った。

響の妹が、淡い水色の無地の封筒を差しだす。姫美が受け取るのを待って、両手を揃《そろ》えて深々とお辞儀をした。

「教えてください。お兄ちゃんは、ちゃんとあなたを守れましたか？」

「な……にそれ、どういう意味よ？」

姫美がまるで見えない敵と対峙《たいじ》するみたいに、響の妹を見返した。


三日後。大学構内を図書館へ歩いていたかえでは、電話に出るなり前置きもなしに尋ねられた。

「かえで、今どこ？　依頼の件で話があるんだけど」

「姫……御影さん？」

「姫美でいいわよ。で、どこ？　今から行くから」

面食らいつつ場所を伝えると、すぐ電話が切れた。いつもに増してせっかちな上、電話の向こうには緊張した空気が漂っていた。響の妹の話に違いない。

あのとき、就活関係の電話がかかってきたため、かえでは話を聞けなかった。

採用担当者の用件は急きょ面接したいというもので、かえでは一も二もなくそちらに向かったのである。

その企業は担当者だけでなくスタッフ全員の雰囲気がよく、目下のところかえでの第一志望だ。しかも、これまでとは電話の感触もいい方向に違う気がする。手応えがある、というのだろうか。だからなにを求められても応じる、の一択だった。

とはいえ姫美がどうなったか、気にかかっていた。そのくせかえでからは尋ねにくく、やきもきしていたのだ。

かえでが大学食堂の前で待っていると、ほどなく姫美がやってきた。

「早かったですね」

「早く済ませないと、気持ち悪いでしょ」

うどんか蕎麦《そば》、ラーメンと定食しかない大学食堂に入り、かえでたちは窓際のテーブルについた。ほかの学生が、すれ違いざまちらちらと視線を寄越してくる。かえでの大学では珍しい、華やかな雰囲気の姫美が気になるらしい。

給茶器からプラスチックの湯呑《ゆの》みにお茶を注いで渡すと、姫美は視線には目もくれずひと口含んで小さく息をついた。

「依頼は取り消すわ」

よほどのことがあったのだと、かえでは身構えた。

「なにがあったんですか？」

「あったなんてもんじゃないわよ……あたし、なにも知らなかった……！」

かえでは、怒りに燃えた目で差しだされた手紙を受け取る。響の妹が姫美に渡したものだった。

その最初の数行だけで、かえでは息をのんだ。

姫美へ

姫は元気かな。姫なら、僕に心配される筋合いはないって言いそうだね。

今日は、姫に謝ろうと思う。

まず、手紙で謝ることを許してほしい。僕も本当は直接会って話したかった。だけどこの手紙が姫に届いたということは、僕は死んだのだと思う。

遺書だなんて身構えないでほしい。ただ、残しておきたいだけだから。字が汚いのは見逃してくれ。

僕には先天性の病気がある。

そうは見えてなかったなら、僕の狙いどおりだよ。子どものときに手術をしてからは、普通に日常生活を送れていたからね。それに僕には演劇部所属の妹がいて、演技指導はたっぷり受けてきたんだ。成功していたようで嬉《うれ》しい。

とにかく、その病気を治すには最終的には移植手術が必要で、僕はドナー待ちだった。

ずっと、自分がどこまで生きられるのか不安だったよ。移植手術は間に合うのか。間に合ったとして成功するのか。成功したら寿命は何年延びるのか。

そんな風にしてびくびくしながら毎日をやり過ごして、入学した高校で君に出会った。

姫は、春の委員決めのホームルーム中に手を挙げたのを覚えてるかな。

あの日、僕のクラスのホームルームは早めに終わったから、僕は姫のクラスの前で待ってたんだ。男子に用事があってさ。

なんの委員だったかな、推薦された女子がうつむいて震えるのを、推薦した女子が指して笑ってた。「キョドり癖を治してこいよ。せんせーもそう思うでしょー」って、クラスを煽《あお》ってさ。ほかのやつらも同調した。そこに姫が手を挙げたんだ。

「あたしがやります。あたしのほうが適任ですから」

僕は一年生で副会長なんかやってたけど、ほんとうはびくついてばかりの気の弱い男なんだ。そんな僕には、姫が最高にかっこよく見えた。一目惚《ひとめぼ》れしたんだ。

その日から、僕は姫を目で追うようになった。

姫は、僕なんか目に入ってなかったよね。姫の周りには友人がたくさんいた。僕の入る隙はどこにもなかったよ。特におなじ中学出身の男子ふたりとは仲がよかったね。いつも姫を見ていたから、僕もあのふたりに詳しくなった。

告白なんか考えたこともなくて、ただ毎日、姫の教室をさりげなく覗《のぞ》いては、楽しそうに笑う姫を見ていた。僕はこんな体だから、姫を見ているだけで幸せだった。

だけどそうも言っていられないことが起きて、僕は姫のそばにいようと決めたんだ。

「――そうも言っていられないこと？」

思わず顔を上げると、姫美が苦々しそうに窓の外の植栽を見、かえでに向き直った。

「ミナトとナオタカが……別の同中のやつらと、あたしをオトすゲームをしてたんだって。優しくして、甘い言葉をかけて、あたしがその気になって告ってきたら遊んでやって最後にフッてゲーム終了。そのことを響は偶然聞いたんだって、あの妹から聞いた。あたし、あいつらとカラオケ行かなくて正解だったみたい。甘い言葉で済まなかったかもわかんないじゃんね」

「ひどい……ゲームなんて、最低です……！」

相手は、裏で自分をオトすゲームをする男子たち。カラオケボックスという密室での様子を想像すれば、どうしたって生々しいものを含んでしまう。そこまで至らなかったとしても、卑劣だ。

「クズもクズ！　中学ではそんなにつるんでなかったのに、高校入ってからやけに近づいてくるなとは思ってたのよ。まさか頭が腐ってたとはね！」

ありとあらゆる暴言を撒《ま》き散らした姫美に急《せ》かされ、かえではふたたび手紙に目を戻した。

僕は姫の気をなんとしても惹《ひ》きたかった。だから妹に相談したんだ。

妹はそのころちょうど、前世で別れた恋人が今世で再会して結ばれるかどうかっていう少女漫画にハマってた。その妹が言うんだ。

「同級生がある日突然、前世の恋人だと名乗ったら、キュンが爆発する！」ってさ。

今、姫の心の声が聞こえた気がする。真に受けるなよって。

僕もそう思うよ。姫の反応は妹とは正反対だったし、めちゃくちゃ凹《へこ》んだ。その日の夕食は妹が僕の分も食べてくれた。

でも、普通に告っても相手にしてくれなかっただろう？　この路線を続けるしかないと思ったんだ。

それに姫の周りにいた男も引いてたから、ある意味で作戦はうまくいったよ。

演技をやめるわけにはいかなかったんだ。

けどそれとは別に、姫と話せるだけで毎日舞い上がってたよ。罪悪感で胃は痛んだけど、こんなに楽しい日々は生まれてきて初めてだったと思う。

今日はクリスマスだ。

実は明日が手術で、もう入院してる。せっかく誘ってくれたのに、ごめん。重い話はしたくなくてさ。姫は重いの好きじゃないだろうから。

だからってあの断り文句はナシだよな。めちゃくちゃ後悔してる。

子どものころから覚悟してきたけど、さすがに手術は怖いな。

移植手術後の五年生存率は約八割だから、手紙を書く必要はないんじゃないかとは思うけど、一応残しておく。

姫とデートしたかった。

いや、ちゃんと告ればよかった。

ずっと、姫を好きでした。


便せん四枚にわたって書かれたその手紙は、ラブレターだった。

響は高二のクリスマスの翌日に手術を受けた。予後は一進一退を繰り返し、状態が急変したのは術後数ヶ月が経《た》ってから。

時間が経ってから拒絶反応が起こるのは稀《まれ》なケースらしい。だが、響の肝臓はみるみる機能低下し息を引き取ったのだと、姫美は響の妹から知らされたのだった。

「手遅れすぎてウケる。好きだなんていま言われても蹴り飛ばしてやるわよ」

姫美が湯呑みをテーブルに叩《たた》きつける。周りの学生の目が姫美に集まった。

「こんな女々しい手紙を書く暇があるくらいなら、手術を受けるから一緒にいてくれって言えばよかったのよ！　自己中！　意気地なし！　ヘタレ！　こんなの、気づけるわけない……！」

姫美は周りを気にせず怒りをぶちまける。しかしその目は涙の膜の向こうで揺れていた。

会社終わりの蒼を捕まえ、かえではファストフード店の煌々《こうこう》とした明かりの下で、昼間の一件を報告した。

「復讐《ふくしゅう》する相手がいなくなったから、取り下げるってことか」

蒼は聞き終えてからようやくネクタイを外して、アイスコーヒーを飲む。夕食どきなのに、どのテーブルも制服姿の中高生ばかりだ。スーツ姿の蒼は目立っていた。

「姫美さんが口にした理由はそうでしたけど、ほんとうは、忘れたくない思い出に変わったからだと思います」

手紙の文面を思い出したら、それきり言葉が出なくなった。

響はひと言も、姫美と隣り合わせだった危険について手紙に残さなかった。響の妹から聞かされなければ、姫美もかえでも響の突飛な言動の理由を知らないままだった。

きっと響は、姫美にはその危険の存在すら気づかせたくなかったのだと思う。ぜんぶ自分の内に留《とど》めて、頭がおかしいと思われてでも、演技を貫いた。

姫美も、おそらくそのことに気がついた。

「過去は変わらなくても、記憶の持つ意味が変わった、か」

「はい。姫美さんの記憶を抜いてしまわなくて、よかったです。でも……」

かえでは目を伏せる。姫美の目は赤く腫れていた。だから、かえでは泣くのをこらえる。かえでの涙の重みは、姫美のそれに遠く及ばない。だからただ、忘れられずにすんだ響を思う。

かえでは慎重に手袋を外し、ポテトに手を伸ばす。

「……記憶って、檻《おり》みたいですね。執着させたり、ほんとうの望みを霞《かす》ませたり、先入観を植えつけて勘違いさせたり……そのせいで苦しむし、正しい道に進むこともできなくなるんですから」

心のままに生きればいいと謳《うた》われても、その心が記憶に囚《とら》われれば、正しく選べなくなる。記憶によってひとは作られるのに、歪《ゆが》んでしまうのもまた記憶のせいなのだ。

「なにが正しいか、間違いか、選択の時点では判断がつかないだろ」

「そうですけど」

「だったら、自分の歩いた道を正しい道に変えればいいんじゃないか。世間の言う『正しい道』じゃなくて、自分にとっての正解にすればいい」

かえではポテトを口に入れる手を止めた。

自分の手と蒼を交互に見つめる。

この力は正解とはほど遠かった。この力を持つかえで自身も不正解だった。そう思って生きてきた。

この手を正解に……変える？

「かえではもう、そういう人間を見てきただろ」

かえでは唐突に理解した。

蒼の言うとおりだった。かえでが出会った人々は、歩んだ道を自分の正解にしたくて、苦しんだり悩んだりして——最後には踏み出していた。

微笑《ほほえ》んだはずが、涙がうっかり零《こぼ》れ落ちる。かえでは慌てた。

「泣くんじゃない」

「すみません。いろいろ思い出しまして……」

「謝るな、よけい悪い。こっちは、泣かれても涙を拭うわけにもいかないんだからな」

きょとんとして顔を上げると、蒼が仏頂面で紙ナプキンを突きだす。かえではおずおずと受け取り、目と鼻に押し当てた。

「ほんとうは、手以外なら触られても大丈夫なんです。いきなりだと、怖いですけど。……でも、すみません」

再会した当初は、いつ触れられるかと怯《おび》えたものだった。だがそれもいつのまにか薄らいでいる。相手が蒼だからだろうか。

笑いだしたいような、叫びだしたいような、形容しがたいざわめきが胸に生まれる。ふしぎに思って胸の内を探っていると、蒼の言葉がその真ん中にすとんと落ちてきた。

「謝るくらいなら、今回はぶっ倒れずに済んだんだから、笑え」

そのとき、かえでは蒼が力を使うのを強く止めた理由に思い至った。目を伏せたが最後、そのまま顔を上げられなくなる。

「笑えって言っただろ」

はい、と答える声がくぐもる。奥の席とはいえ、連れが泣いていれば蒼は気まずいに違いないのに、笑いかたがわからない。

「顔上げろ。まずこれを食え」

やっとの思いで顔を上げると、ぞんざいな仕草でポテトを口に突っこまれる。

蒼の呆《あき》れ顔が、とびきりやわらかく見えた。


力は使えなくても、姫美のときみたいにできることがあるかもしれない。送ってもらった夜道でかえでが五葉と話したいと言うと、蒼は渋った。

「こんなことは俺も言いたくないが、あいつの目的が見えない以上、近づかないほうがいい。力を利用される可能性もあるぞ」

「そのときは利用してもらえばいいんです。復讐とか、ひとを陥れるためって言われたら困りますけど」

「どうやって判断する気だ」

「それは……でも、蒼さんがいますから。蒼さんがいれば大丈夫です。なんて、利用される力が今はないんですが」

「……あのな」

蒼が唖然《あぜん》とするのが珍しくて、かえでは人気《ひとけ》のない道を勇ましく歩きながら忍び笑いした。単純だと呆れられただけにせよ。

だが、実のところかえでが五葉を気にする理由はそれだけではなかった。

あとから思えば、五葉の手に触れたときはいつもと様子が違ったのだ。記憶を抜けなかったこととは別種の違和感。

「わたし……眠くなるのは、記憶が流れこんでくることで相手の過去を追体験するせいだと思ってたんです。なのに五葉さんのときは、記憶は流れてこなかったのに眠ってしまいました」

そのときのことを注意深く思い出す。たしかに記憶は流れなかった。けれど、とかえでは記憶を探るように雲の垂れこめた空を仰ぐ。

「そう、わたしあのとき真っ白な場所にいたんです。ううん、白いは白いんですけど、夜明け前のほの青い空に霧がかかっているような感じで、なにも見えなくて……とにかく歩かなくちゃって思ったんです」

口に出せば出すほど、鮮明になる。歩くと足元が乾いた音を立てたのも思い出せる。

「歩いても歩いても、四方にはなにもなくて。ただ……」

「ただ？」

うながした蒼の顔が、強張《こわば》っている。いぶかしく思いつつ、かえでは続けた。

「頬になにかが貼りついて、驚いて手をやったんです。外を歩くときは必ず手袋をしているのに、そのときは素手でまた驚いたんですけど……とにかく貼りついたものをつまんでよく見たら、花びらでした。そのとき初めて、霧のなかを花びらが舞うのに気づいたんです」

「それでどうしたんだ」

「……そこまでです。目が覚めたら蒼さんが怖い顔をしてて、慌てて」

ふしぎな夢だったが、五葉の記憶ではないのだけはわかった。お湯が流れる感覚も、糸が縒《よ》り合わさる光景も見えなかった。

横断歩道の信号が青になり、かえでは足を踏み出す。だが、蒼が来ないのに気づいて横断歩道の手前まで戻った。「蒼さん？」と声をかけるが、蒼は聞こえない様子でスマホを操作する。

「──五葉、あの花びらにはいったいどんな意味があるんだ。お前は知ってるんだろ？」

蒼は五葉に電話をかけると、前置きもなく切りだす。いったいなにが始まったのかわからず、かえでは耳をそばだてた。

胸がざわりとする。車の走行音が邪魔だ。

「かえでが、桜を見たらしい。ああ、おそらくあの花びらのだ」

「あのって？」

たまらず声を上ずらせると、蒼が初めて気づいたかのようにかえでをふり向いた。通話をスピーカーフォンに切り替え、かえでの前にかざす。

蒼はかえでと五葉、両方に話しかけるようにして言葉を継いだ。

「かえでが帰ったあとに落ちていた花びら、あれはかえでの能力がお前に通じないことと関係があるんじゃないのか」

心臓がひときわ大きな鼓動を打った。花びらが落ちていた？　現実に？

息をひそめる。やがて、五葉の「そうやなあ」という、やけにのんびりした声が聞こえてきた。

「……オレ、特殊やねん。それもどっちかっていうとかえでちゃんの側。かえでちゃんの能力は消えてへん。ただオレが相手やと、ちょっと違う効果が出るんや」

「じゃあ今もこの手は使える……？」

事実を確認するようにしてとっさに蒼をうかがうが、蒼は驚いた様子もなかった。知っていたのかとショックを受けたが、今はそれどころではない。

「説明もせんと怖がらせてごめんやで。オレとしても、かえでちゃんが行けるんか確かめたかったんや」

全身から力が抜け、肩に提げたバッグが落ちる。蒼が拾いあげたのにも気づかなかった。なにから考えればいいのか、整理できない。

能力は消えていない。だが五葉には使えない。代わりに違うものが見える？

「五葉さんはいったい……」

「何者かって？　そりゃ簡単や」

震える声をどうにか唇から押しだせば、また五葉が呑気《のんき》に返す。

「かえでちゃんは抜いた記憶を頭んなかに保存しとるやろ？　そのせいで、けっこうしんどい感じになっとるやん？　あれ、ほんまは保管場所がちゃんとあるねん。オレなあ、その保管場所の、管理をやっとんねん」

まるで、バイトで倉庫の管理をしてるんだというような、軽いノリだった。

5. 忘れないで

全員の予定がない日を待って、かえでは蒼《そう》と一緒にある場所へ向かった。

五葉《ごよう》だけでなく蒼も早く行きたそうにしたが、かえでが面接を終えるまで待ってもらったのだ。先日、急きょ面接を受けた会社が、二次面接に残してくれたのである。

大学のアドバイザーは、かえでが自己アピールの内容を練り直すと言うと、最初は驚いていた。だが、かえでが自分の意思を伝えると肯定してくれた。

『前回、最終までいったときより、今のほうがずっといい顔してる』

その言葉に力をもらうようにして、かえでは二次面接に臨んだのだった。結果は通過者にのみ二、三日後には電話すると言われている。

前回、五葉と向かったときと同様に電車で市内を北へ向かう。

終点のひとつ手前で降りて歩くと、大きなブルーのリュックを背負った五葉が先に社で待っていた。ファスナーの先には、かえでが直したキーホルダーが揺れている。

かえでたちは社で手を合わせてから、裏手に回った。石段もなにもない獣道を登る。

目的地は、その先のしだれ桜だ。

「滑りやすいので、蒼さんも足元に気をつけてくださいね……っと！」

蒼に言ったそばから足を滑らせかけ、かえではうしろにたたらを踏んだ。

今回は登山用のレイヤードスタイルにスニーカーという万全の服装だが、雨上がりの山の斜面はあなどれない。

土そのものも濡《ぬ》れて滑りやすい上、濡れた枯れ葉に足を取られそうになる。深く息を吸いこむと、土と緑の匂いが濃く鼻腔《びこう》を満たした。

「オレがしんがりについたろか？　かえでちゃんが倒れても、蒼じゃ頼りにならんやろ」

前を歩く五葉がふり返り、蒼が背後から声を尖《とが》らせた。

「かえでも手袋をしてるだろ。そうそう危険なことにはならない。だが、怪我《けが》されたらあとが面倒だな」

蒼をふり返り、かえでは決意の証《あかし》に拳を握る。

「面倒をおかけしないように、注意します」

「ならさっさと前見て歩け」

頭をこつりと叩《たた》かれる。わけもなく心臓がかすかに跳ね、かえでは首を捻《ひね》った。

「どうした？」

「いえ……なんでも」

「ぼんやりするなよ」

蒼は何食わぬ顔で歩みを再開する。かえでも気を引き締めた。

「そういや、看護師の依頼人がもうすぐ結婚するらしいぞ」

「香子《たかこ》さんが？　お相手はMRの方でしょうか。おめでたいですね……！　よかった……でもなんで蒼さんがそれを？」

「偶然会って、コーヒーを飲んだ。爪を塗りたくった女が話を盗み聞きしてたのは、そのときだな。まさかあんなのに聞かれてるとは思わなかった」

なんと、コーヒーデートの相手は香子だったのか。とんだ勘違いだ。少し考えれば、わかることだった。蒼が能力について話す相手は限られている。

「なんで笑う？」

「いえ、わたしも香子さんにお会いしたかったなと。香子さんと出会わなければ、わたしはたぶん今こうしてなかったですから。そう思うと、きっかけを作ってくださった蒼さんにも感謝ですね」

「……足元、気をつけろよ」

蒼が素っ気なく言って前を向く。

「着いたでー」

五葉が両手で手招きする。蒼の表情はもう見えなかったが、その耳がほんのり赤かった。

桜の木は今日も枝ばかりだった。左右に分かれた幹の先から、小指ほどの太さの枝が何本も垂れ下がっている。生命の気配に乏しく、ここだけが冬のさなかにいるようだった。胸がわけもなく締めつけられる。かえでは手袋を外し、手をすり合わせた。

昔は避暑地だっただけあって、市内の中心地より涼しいのはたしかだが、それとは別に否《いや》が応でも緊張が全身を巡っていく。うっかりすると震えそうになる。

かえでは先日の五葉の話を思い出した。

『オレんちは代々、人様の記憶を預かってきた家でなあ。元は、参拝者が紙に不幸な出来事を書きつけて、境内の桜の木に括《くく》りつけていったんが始まりや。悪縁を断ちきりたいゆうのは、ひとの自然な願いやな』

五葉によれば、桜の木に括りつけられた不幸の数々を哀れんだ神主《かんぬし》が、祈禱《きとう》を捧《ささ》げるようになった。それでますます訪れるひとが増えたという。

時は経《た》ち、あるときひとりの女性が神社を訪れた。

女性は最愛のひとの記憶を抜いたのだと言い、その記憶を紙に記して桜の木に結んだ。するると、桜が季節外れに咲き誇った。

神主はひどく驚き、彼女を巫女《みこ》として迎えた。彼女は神社に訪れる者の話を聞き、ときにその記憶を抜いた。

『その女が抜いた記憶は桜の木に集められ、神主が祈禱を捧げてな。そのうち、神主は記憶の守人《もりびと》になってん。早い話、桜の木とそこに結びつけられた記憶の管理人や。その後、その女は神主と結婚してなあ……って蒼もちゃんと聞けや』

蒼はしばらく無表情だった。正直に言うと、かえでも話を理解するのに時間がかかった。才宮《さいみや》の家も似た生業《なりわい》をしていたと吉野《よしの》は話したが、それも大昔のこと。それよりもなお古い時代の話はおとぎ話めいて、現実感が薄い。

しかし、こういった話には懐疑的なはずの蒼のほうが、かえでより呑《の》みこみが早かった。腹を括ったのかもしれない。

『それならそうと早く言え。かえでが抜いた記憶もぜんぶ取りだして、そこに保管すればいい。そうすれば、意識を失わずにすむんだろ』

かえでたちは、記憶を抜きだして「外部記憶装置」（と蒼は言った）に保管する方法を聞き出した。外部記憶装置にアクセスするには、管理人である五葉を経由する必要があるという。

『前回、花びらがこっちに落ちたんは、正しい方法でかえでちゃんがアクセスしたからやろなあ。オレの知ってる力とおなじってことや。ほんならあとは、目的地をセットしたらええ』

アクセスできたとして、記憶を移す方法は五葉も知らないらしい。だが、なにはともあれ——と、桜の元へ来たというわけだ。

かつては神社で多くの参拝客に愛《め》でられたであろう大樹は、今は滅多にひとの訪れのない山中に侘《わび》しく佇《たたず》んでいる。

かえでは、おそるおそる幹に手を押し当てた。

記憶を守る木。

かえで以外にも、この手を持って生まれた者が、かつてはこの木に触れていたのかと思うと、ふしぎな気分がする。

彼らは力とともに生きることをどう思っていたのか、聞いてみたかった。

「五葉さんのお知り合いは、どんなひとですか？」

「いつもにこにことったなあ。嫌やて言うところはいっぺんも聞いたことない。そやけど、もう……わからんようになってしまったなあ」

五葉が桜を見あげたまま言う。その目は桜を見ているようで見ていない。五葉の会いたいひとは、遠い記憶の中にだけ存在するのかもしれない。

「ひょっとして、記憶を預けられるなら持ち帰ることもできるのか？　五葉の事情は忘れたい記憶ではなく、取り戻したい記憶にあるのか？」

思いもよらない蒼の質問に、かえでははっとした。

しかし、かえでは記憶を抜くことはできても、相手に戻せない。万が一、記憶装置である桜から持ち帰ったとしても、五葉に戻すのは不可能だ。

足元から力が抜けそうになったが、かえではぐっと地面を踏みしめた。では、となにができるか考える。

認められたいからではなく、かえで自身がそうしたいからするのだ。

「そうやなあ」と五葉が桜から視線を移さず言う。

「かえでちゃんはオレの行けんところに行ける。桜の花びらを持ち帰れたんやからな。そやから――」

そのとき、触れていた幹から心臓の鼓動のような脈動を感じた。

どくん。

胎動に似たなにか。かえでは反射的に桜を見あげる。

どくん。

お腹《なか》の奥からも、血とは別の熱い流れが生まれる。幹に触れた指先がかすかに痺《しび》れる。

「かえでちゃん？」

どくん。どくん。どくん。

脈動が強さを増す。頭に白い霧が生まれる。

怖いのに手を離せず、桜に触れたままふらつくと、背中がなにかに受け止められた。蒼だと、気配でわかる。

「五葉さん、手を……っ」

すぐさま、かえでの手が日焼けした手に包みこまれた。

青味を帯びた霧が、みるみる視界を埋め尽くしていく。

前後左右、上下、すべてが霧に溶けたような世界が広がっている。どちらが空でどちらが地面なのか定かではない妙な浮遊感には、覚えがあった。

これは夢のなかだろうか。

あらためて足元に目を落とせば、スニーカーを履いていたはずが、なぜかいつもの出《い》で立ちに戻っている。白のカットソー、黒のチュールスカート、バレエシューズ。

手袋はない。

手を繋《つな》いでいた五葉の姿も、蒼もいない。

下ろしていた髪が、生ぬるい風を孕《はら》んでふわりとなびく。手で髪を押さえて頭上を見あげたかえでは息をのんだ。

ざあ、ざあ、と薄紅色の花が降り注いでいた。

「……ごめんな、かえでちゃん。こうするしかなかったんや」

どこか遠くで、五葉の声が聞こえた気がした。

花は絶えず降り注ぐのに、地面はどこまでも白いまま、花の色には染まらない。

いや、正確にはほんのわずか染まって見えるのだが、屈《かが》んで地面を見れば、白い砂が積もるばかりなのだ。

かえでは、花びらをたのみに霧のなかを踏み出した。花があるなら、どこかに木があるはずだ。はたして、拍子抜けするほど簡単に見えてきた。これまでは、どれだけ歩いても白いだけの場所だったのに。

桜だ。

ついさっき触れた桜の木とおなじものだと、見た瞬間にわかった。左右に広がる枝ぶりも、ふたりがかりで腕を回しても足らない幹の太さも寸分違わない。でも決定的に違う点がある。

ここの桜は、見事なまでの咲きぶりを披露していた。しだれ桜だけあって、噴水の水が流れ落ちるように、薄紅の幕が垂れこめる。

風に枝がしなるたび、耳をざあ、という音が通り抜けていく。花の雨が降る。

この世とは思えない光景を前に、かえでは立ち尽くす。

ところが足を止めてしばらく、風の音にか細い歌声がまじった。まだ幼い、舌足らずで伸びやかな少女の声だ。

こんなところで誰かに会うなんて。

胸が高鳴り、かえではさらに桜の木に近づく。——見つけた。

声の主は、木の根元に腰を下ろしていた。黄色いノースリーブのコットンワンピースに包まれた膝を抱え、顎《あご》を乗せている。

ビニールのサンダルを履いた足はまっすぐで健康的だ。そのサンダルを見たら、もしかしてと思うところがあった。

「初めまして、こんにちは。なにをしてるの？」

かえでが腰を屈めて目の高さを合わせると、少女は飛び跳ねるようにして立ちあがった。

「こんにちは！　ことはねぇ、お歌を歌っていたのよ。お姉さんは？　迷子になっちゃったの？」

ポニーテールにした髪が左右に揺れる。ふっくらとした頰に、澄んだ目が愛くるしい。

「あなたはことちゃんっていうのね？　わたしはかえでというの。五葉さんというお兄さんに連れてきてもらったの。知ってる？　背が高くて日焼け顔のお兄さん」

背はこれくらい、とかえでは頭上二十センチの辺りに手をかざす。

「わかんない」

ことが小首をかしげる。かえではことの足元にふたたび目を落とした。

ビニールサンダルの甲の部分には、ピンクの頭巾を被《かぶ》った白うさぎのキャラクターが描かれていた。

「関西弁を喋《しゃべ》るお兄さんなんだけど……」

ことはやっぱりぴんとこないようで首を横に振る。これ以上、困らせてもしかたないかと苦笑すれば、ことに手を取られた。

どきっとしたが、ぬるい湯が流れるのに似た変化は起きなかった。小さな手の湿ったぬくもりを感じるだけ。

でもほっとした。ことは、生きている。あまりに現実味のない光景に、こともひょっとして実体がないのではと思っていたのだ。

一方、ことはぱあっと顔を輝かせた。

「かえでちゃんも、ここを目指してきたのね？　手伝ってあげる」

ことはかえでの手を引っ張ると、手のひらを上に向けてじっと見つめる。

「かえでちゃん、いっぱいためてきたんだねぇ。体が痛い痛いって言ってる」

「記憶のこと？　ことちゃん、わかるの？」

ことは笑い、かえでの手を桜の木に当てた。

しだいに、手のひらがほのかにあたたかくなってくる。焚《た》き火に当たったときのような、じんわりとした熱だ。

驚きも忘れて、熱の流れに意識を研ぎ澄ませる。熱は頭のうしろのほうで生まれ、全身を巡って手のひらへと集まる。

逆に頭は冴《さ》え、軽くなっていく。風船の、口の部分を押さえる指をゆるめたときみたいに、するすると音もなく。

体が軽い。というより、軽くなって初めて、これまで体が重かったのだと気づいた。

「思い出は、ここに置いていくんだよ」

ことが満開の桜を見あげる。

「ちょびっとの思い出はねぇ、ちょびっとの子守唄なの。大きい思い出はねぇ、長ぁい子守唄なの。でもちょびっとの思い出も、たくさん集めると長ぁいお歌になるの。長ぁいお歌はね、起きられなくなっちゃうよ」

つまり、大量に記憶を抜けば眠りから覚めなくなるのだろうか。

バイト先でほんの数秒間、記憶を抜いただけのときに対して、そのあとで千登世《ちとせ》の記憶を抜いたときの眠気は、比べものにならなかった。

香子や渚《なぎさ》の記憶も、それぞれに眠くはなったが——では、蒼の記憶を抜いたときは？

祖母に、蒼には決して言うなと喚《わめ》いたのまでは覚えている。しかしそれきり覚えがない。

気づけば、かえでは母の元に戻されており中学校も転校していた。

考えこむかえでの手を、ことが軽く叩《たた》く。

「見て、かえでちゃん」

はっと目を下に向けると、これまでに抜いた記憶の糸が足元に広がっていた。

ふたりを取り囲むように、糸の海ができている。さながら、艶《あで》やかな反物を広げたようだ。こんなに抜いていたかと思うと肌が粟立《あわだ》った。

「かえでちゃん、顔も元気になったねぇ」

ことがその場で飛び跳ねかけてやめる。

「ふんじゃったら、かわいそうだもんねぇ。こんなにきれいなんだもの」

ことが糸束を拾いあげるのにならい、かえでも糸をたぐる。

両手で抱えても抱えきれないくらいの量だ。

「これを思い出ごとにまとめて、ひとつずつ桜の木に結ぶんだよぉ。そうしたら、きれいな花が咲くからね。でもねぇ、けっこう大変なの。ことはすぐつかれちゃう」

疲れちゃう、と頭の中で変換してかえでは納得した。ことがかえでと同様に記憶を抜いてきたのなら、子どもの身で大量の糸束を結ぶのは重労働だろう。

一本をたぐると、その一本と記憶をおなじくする糸が絡まり、手元に引き寄せられてくる。なるほど。

一本ずつだったら、途方に暮れるところだった。かえでは胸を撫《な》でおろし、糸を集める。

「どの糸もきれいだねぇ。ここにきた思い出は、かなしいものばっかりなのにねぇ」

無邪気な歓声の合間に零《こぼ》れ落ちた暗いつぶやきは、かえでの耳には届かなかった。

＊

かえでの頭が糸の切れた操り人形さながら、がくりと折れた。

「おい、かえで。かえで？　おいっ」

蒼が声をかけると同時に、五葉がかえでの腕を引く。それでもかえでの体は支えを失い、枯れ葉だらけの地面へ崩れ落ちた。五葉も手を繋いだまま地面にあぐらをかき、かえでの頭を膝に乗せる。

かえでの前髪が額にさらりとかかる。

顔色は青ざめるのを通り越して白く、目は固く閉じられていた。

「かえで？」

呼びかけても反応はない。

記憶を抜いたときでも、これほど唐突に意識を失いはしなかった。しかも、まだ五葉と手を繋いだままだ。

「五葉、離せ」

蒼は五葉の手首をつかむが、逆に制止された。

「今は離さんほうがええ。かえでちゃんはオレの記憶は抜いてへん。オレ、喋《しゃべ》れてるやろ？　記憶が抜かれてたら、オレも昏睡《こんすい》状態になるはずや」

「じゃあなんでかえではこうなった？」

「今、蒼も望んだ状態になってるだけや。かえでちゃんは抱えた記憶の量が多いんや、取りだしてる最中は邪魔せんほうがええ」

「この木に記憶を預けてるってことか？」

「そうや、あっち……かえでちゃんしか行けへん場所でな」

蒼は桜の木をねめつけた。むき出しの枝ばかりが首を垂れる、寒々しい景色だ。記憶を取りだしていると告げられても、蒼の目にはかえではただ眠っているだけに見える。蒼にできることはなく、五葉の言うとおりなら見守るしかない。

だが、どうにも妙な胸騒ぎがする。

蒼は胸騒ぎの原因を見極めようと、五葉の目を探る。つかのま黙って受け止めた五葉が、溜《た》めていた息を吐きだすようにして笑った。

「見てみ、血色が戻ってきたで」

五葉の言うとおり、蒼白《そうはく》だったかえでの顔に色が乗っている。蒼は小さく息をつき、五葉から手を離した。

胸が規則正しく上下する。とはいえ、目が開く気配はまだない。

「かえではいつ目が覚めるんだ？」

尋ねると、五葉が桜を見あげる。さらに問い詰めようとしてできなかった。五葉が、蒼の見たことのない表情をしたからだ。

「目ぇ、覚めたらいいとオレも思ってる。それは嘘《うそ》やないで」

胸騒ぎが、警鐘《けいしょう》に変わった。

＊

足の踏み場もないほど散らばった糸を、ていねいに一本ずつ拾う。すると、最初の一本に誘われるようにして、もう一本、また一本と引き上げられてくる。

それらをことが編みあげる。手慣れた仕草だ。

かえでも見よう見まねで編む。ミサンガだっけ、あれに似ている。ミサンガより圧倒的に長いが。

足元でうねる糸を、かえではことの手を借りてすべて編みあげる。

相当な時間、糸を編むのに費やしたはずが、相変わらず周囲はどこも薄ぼんやりと白い。花びらは絶えず舞い散るものの、いまだ桜の木は満開だ。

お腹《なか》も空《す》かないし喉も渇かない。時間の感覚が薄らいでいく。

一本の紐《ひも》を編むのに使う糸の数は記憶ごとに異なり、それこそブレスレットのような細さのものから、紐というより帯と呼ぶほうがしっくりくるものまである。

といっても、抜いた時間の長さが関係するわけでもないらしい。

「かなしいが強いほど、太いひもができるんだよぉ。きれいなものは、かなしいねぇ」

ことが編みあげた紐や帯を、かえでの足元に並べる。かえではそのなかから、一本の紐を取りあげた。編みあげてみれば、ふしぎとどれがどの記憶かわかる。

「これ、わたしが最初に抜いた記憶だ」

かえでが今のことよりも幼い、六歳のときのものだ。かえでが最初に抜いたのは、母の記憶だった。

ゆーびきーりげーんまーん、うーそついたらはりせんぼん、のーます。

ゆーびきった、と手を離す前に、母は倒れた。

頭の中を大きな手でかき混ぜられたような気持ち悪さとパニックで、かえでは泣きじゃくりながら母の手を引っ張った。

触れば触るだけ母の目覚めを遅らせるとは、そのときは知るはずもなかった。

「母は約束を忘れてしまって、わたしが約束のことを話したら『嘘つきは悪い子なのよ』ってすごい剣幕で怒られたっけ」

指で紐をなぞる。約束そのものは他愛ないものだ。次の休みの日に、家族で遊園地に行く、というもの。

けれど母の手を握って、かえでは見てしまった。能力が発現した瞬間だった。

母は父と離婚寸前だった。母の胸の内では、その約束は果たされるあてのないものだった。

知ってしまったかえでは、遊園地に連れていってと泣き叫んだ。

約束さえ守られれば、家族で遊園地に行けば、両親は元に戻ると幼心に思ったんだろう。

しかし、遊園地には行けなかった。

母は約束も離婚の話し合いも忘れたが、かといって父との関係が改善するわけでもなく、離婚の時期が少しばかり延びただけだった。

その日を境にして、かえでと手を握るたびに母が倒れるようになった。そのたびに、母は直前にしたかえでとの会話を忘れた。

母はしだいにかえでを怖がるようになった。

とうとう母はノイローゼになり、かえでは祖母に引き取られた。ふしぎな力について理解し始めたのは、それからだ。

「記憶を抜くとき、相手がそのとき強く思い浮かべた記憶から順に抜けるってことも、母のを抜くうちに知ったんだっけ」

「ここに結んだら、きれいな花が咲くよぉ。かえでちゃん」

「そうだね。これぜんぶ、ここに結んでいくね」

かえでは母の記憶を編んだ紐を、目線の少し上にある枝に結ぶ。

せめて、ここで美しい花に変わればいい。

細枝が重みでたわんで、かえではそっと目を逸《そ》らした。

「ことちゃんも、ひとの記憶を抜きだせるんだよね？　抜いた記憶を置きにきたの？」

ほかの紐も枝に結びつつ、垂れ下がる枝の先を見て回る。しかし、ことが編んだ紐は見当たらない。

「ことのもあるよぉ。よぉく見てみてね」

かえではあらためて、白く霞《かす》む木の上に目を凝《こ》らした。そして、見つけた。霞《かすみ》の白と色が同化して、見分けがつかなかったようだ。

「白い？　色が抜けたの？」

「長ぁい時間がたつうちにどんどん色が消えていくの。最後は消えてなくなって、花が咲くの。花が散ったら、今度はほら、砂になるんだよ」

では足元の白い砂は、記憶を吸って咲いた花のなれの果てなのか。かえでは紐を結ぶ手を止めた。

「ねえ、ことちゃんはいつからここにいるの？」

黄色のコットンワンピース、うさぎのキャラクターのマスコットがついたビニールのサンダル。どれも現代っ子の服装で違和感はない。

しかしことは、また人形みたいに小首をかしげた。

「それって、大事？」

「大事だよ。ことちゃんの帰りを待ってるひとだって、いるでしょう？」

「こと、帰らないよぉ」

「なんで？」

「ここにいれば、もう抜かなくていいでしょぉ？　かなしいはきれいになって、花が咲くのを見られるんだよぉ。ムカツクイナクナレバイイシネワタシトオナジクルシミヲアジワエバイイコロシテヤル。ぜーんぶ、きれいな花になるの」

ことは声を弾ませて嬉《うれ》しそうに話すが、かえではめまいがした。寒気が背を走る。

そんな濁った記憶ばかりに囲まれて、たったひとりでここにいるのか。

いったい、ことはどんな背景で記憶を抜いてきたのだろう。尋常ではない負の感情が凝《こご》った記憶を抜く状況。そこに犯罪の匂いすら感じるのは、かえでが穿《うが》ちすぎだろうか。

「ことちゃん、わたしと帰ろう。わたしがことちゃんに二度とそんな記憶を抜かせないから。ぜったい、守ってあげるから」

小さな手を握る。ことが目を丸くした。

「なんで？　ここのほうがきれいだよ？　かえでちゃんもいっしょにお花を見よう？」

澄んだ目からは、様々な感情を濾過《ろか》してしまった様子が伝わってくる。残ったのは静かな失望だけ。無理もなかった。

こんな醜い感情をともなう記憶ばかり見せられたら、かえでも正気を保っていられる自信がない。

そうでなくても、以前のかえでなら同意したかもしれない。手のひらから流れる血を放ったままにして、力が消えるのを願ったころのかえでなら。

でも、とかえでは首を横に振る。

「だめなの。ここは、ことちゃんを悲しくさせる場所でしかないから。そんなの、だめ」

「こと、かなしくないよ」

ああ、そうじゃないのに。うまく言葉にできず、かえでは唇を噛《か》んだ。こんなとき、蒼ならことが納得のいくように説得できるのに。

だけどかえでは見てきた。

ひとは、記憶の先に自分だけの正しい道を探していける。立ち止まっても、押し潰されそうでも、進んでいける。

「ことちゃんはこれからたくさん笑顔になれるはずだし、わたしは、ことちゃんがもっと笑うところを見たい」

ことは、またこてんと小首をかしげたが、やがてかえでの手を握り返した。

「いいよ。かえでちゃんがそう言うなら、帰る」

「ありがとう……！」

とはいえ、あらかたの記憶を桜に結び終えたかえでは、途方に暮れた。

微風に枝がそよぐ。幹の色、花びらの色、結びつけた糸の色。それらは目に焼きつくほど豊かな色合いを持つのに、それ以外は見渡す限り白く霞んでいる。

「ことちゃん、帰りかたは知ってる？」

「ええと……うーん……忘れちゃった」

予想された答えではあったが、かえでは心の内でため息をついた。とはいえ、ことの前でがっかりしていられない。

「失礼します！　登らせてください」

かえではご神木である桜の木にお辞儀すると、ことをその場に留《とど》めておっかなびっくり桜によじ登る。

二股に分かれた一方の幹をさらに進んで、零《こぼ》れんばかりの花を湛《たた》えた簾《すだれ》のような枝の隙間から遠くへと目をやる。白い。どこまでも白い。果てはあるのだろうか。

桜の花びらが絶え間なく散り、風に運ばれていく。そのくせ地面はいつまでも白い。どこを向いても白いので、平衡感覚が狂いそうになる。遠くを見れば見るほど、ほの青い白に吸いこまれそうになる。

今、何時だろう。蒼たちはまだあの山で待ってくれているのだろうか。早く戻らないと。

ふいに違和感を覚え、かえでは遠方に目を凝らした。なんだろう、今なにか動いたような気がする。また動いた。

違う、白い視界が揺らいだ。

陽炎《かげろう》みたいに、空気がゆらりと揺れた。

「なに……？」

目に染みそうな白い奥行きだけが広がるのに、どうしてそう思ったのか。かえではさらに目を凝らす。

視界の下方に、まるで地平線かと思うような薄紅色の切れこみが走っていた。しかもその切れこみは、よく見ると移動している。線自体ではなく、線上で動くものがある。

「……川!?」

薄紅色なのは、川面に降り落ちた花びらが流れているからか。

ここからはせせらぎも聞こえず、川だとしても地面に走った切れこみにしか見えない。でもたしかにあの切れこみを境にして景色が揺らいだ感触がある。

子どもを連れてもなんとか歩ける距離だ。

行ってみよう。

決めたものの、登るより下りるほうが怖い。かえでは登ったときの三倍は時間をかけて木から下りた。落ちずにすんだのはさいわいだった。

右手でことの手を引き、左腕に編みあげた帯をかける。さらに左手にも紐を持つ。

「それは結ばないの？」

ことが、かえでの手にした帯や紐を指さす。

「うん。蒼さんのだけは……決心がつかなくて」

「蒼さんってだぁれ？　かえでちゃんのお友だち？」

「昔のお友だちかな。友だちだなんて言ったら、蒼さんは嫌がりそうだけど」

顔をしかめる様がありありと想像でき、かえでは小さく笑う。

「今はお友だちじゃないの？　ケンカしたの？」

「ううん。わたしが蒼さんの思い出をぜんぶ抜いたんだよ。これ、わたしについての記憶なんだ。蒼さんは消したいって言ったから……抜いたの」

「かえでちゃんはやさしいねぇ」

かえではことの頭を撫《な》でた。

「優しくないよ。優しかったら、ことちゃんみたいに桜に結ぶよ。蒼さんには要らない記憶だって、わかってるのにね」

木に結んでしまえば、花になり砂となって積もるだけ。そう思うと、どうしても手放せなかった。

「蒼くんは忘れたのに、かえでちゃんの頭に入れておくのは、かなしいねぇ」

木の上から見たときは半日はかかるように思ったが、意外にも川に行き当たるのは早かった。

整然とした見た目は、川というより堀を思わせる。かえでは以前テレビで見た、有名な世界遺産の城を囲む堀を頭に浮かべた。

白い砂の平原から水の流れがぽっかりと切り取られている。草の一本も生えておらず、石も岩も見当たらない。

花びらが埋め尽くすのに、それを川だと思うのはせせらぎが聞こえるからだ。

「この水、冷たくないよ、かえでちゃん。この川は結界だよ。桜を守ってるんだよ」

ことがしゃがみ、花筏《はないかだ》に覆われた水に手を遊ばせる。

「結界？」

「うん、水を触ってみて？」

かえでもことの横に屈《かが》みこみ、手を浸した。熱くも冷たくもない。しかし水に触れても、かえでにはことの言う意味がぴんとこない。

「でもこれが結界なら……逆に言うと、向こうに渡れば帰れるんだよね。よかった！」

しかし見渡す限り川は続いており、橋は見当たらない。結界の意味を考えれば、なくて当然ではある。

それなら、と花びらをかき分けて川面を覗《のぞ》きこむ。澄んだ水は穏やかに流れ、水底まではっきり見えた。この程度の流れなら、なんとか水を掻《か》いて進めそうだ。

かえでは左腕にかけた帯を首に、細い紐《ひも》は左腕に何重にも巻きつけた。靴を脱ぐか迷ったが、水底に石がないとも限らない。かえでは靴を履いたまま、ことを川縁《かわべり》に残して足先を水に浸す。体温ぴったりの温度は、記憶もないのに胎児のころに漂っていた羊水を思わせた。

川底に下り立つ。チュールスカートが、浮力で花のように広がる。

さすがに、水に入っても濡《ぬ》れないなんて都合のいい展開はなかった。胸元まで濡れた服が体にまとわりつく。記憶の花びらが、私を忘れないでとばかりに体じゅうに貼りついた。

かえではふり返り、ことを抱きあげる。

肩に担ぐように高い位置で抱き、ことが濡れないよう注意しながら、慎重に水を掻き分ける。さいわい、水深は一定らしい。

向こう岸が近づいてくる。結界を出るまで、もうあと十歩もかからない。

「――ことは」

低く野太い声が降ってきて、ことがびくっと肩を震わせた。この声は。

かえでは反射的に頭上を振り仰いだが、そこには誰の姿も見られない。しかし、その声がことを呼んだのは間違いなかった。

「ことは！」

とびきり優しい声が辺りの空気を震わせる。ことがかえでにぎゅっとしがみつき、肩に頭を埋《うず》めた。かえではことの背中をさする。

対岸まで、あと二、三歩。

「琴羽《ことは》、頼むから帰ってきてくれや……！」

ことの肩がまた跳ねて、顔を上げる。目がなにかを探すように揺れる。

ことはおそらく、声の主を知らないのではない。ただ忘れているだけなのだ。

「……ことちゃん。そのサンダルのうさぎさん、好き？」

かえではことの足を目で指した。唐突な質問に戸惑いを見せながらも、ことがうなずく。

かえではゆっくりと足を進めながら、ことの背中をあやすように叩《たた》く。

「五葉さんも、このうさぎを持ってるの。ことちゃんの好きなこの子を、とっても大切にしてるの。ずうっと、ことちゃんに会いたかったんだと思う」

色がくすみ、耳の部分はくたびれて、でも常に五葉が大切に持ち歩いていたキーホルダー。あれは、五葉の願いだ。

ことの目がまた不安げに揺れる。

かえでは見えないキーホルダーを追うように手を伸ばす。あのキーホルダーがここにあれば——。

かえでは白い空を仰ぎ、空っぽの手を握りこむと、残りの一歩を踏み出した。

「着いたよ、ことちゃん」

手が岸辺へ伸びたとき、川を境にして空気の密度が濃くなった気がした。

まるで、そこに透明な膜が張られているかのように、伸ばした手に軽い抵抗を覚える。桜の樹上から見えた揺らぎは、これだったのかもしれない。ここが境界か。

かえでは先にことを川岸へ上げた。

ことは濡れずに済んだようだ。ひと息ついたとき、かえでは手のひら大の丸っぽいものが岸辺に落ちているのに気がつき、息をのんだ。ピンク色の長い耳がふたつ、飛びだしている。

「あれ……！」

かえでが指さすと、ことは目を見開くなり駆け寄り、ひったくるようにして拾いあげた。

やっぱりことは琴羽で、五葉の——。

「——お兄ちゃんっ」

琴羽が駆けだそうとして、かえでを一瞬ふり返る。かえでは手振りで、先に行くよう示した。最後に笑った琴羽が、白い霧に紛れてたちまち小さくなる。

かえでも続くべく岸に手をかける。腕に力をこめて体を浮かせ、岸に膝がつく、直前。

目の端を、一枚の紙がひらりと横切った。

かえでは目をみはった。ちらっと見えたあれは、何年も前に処分したはずのもの。でもなぜこんなところに。

かえでは水の中へと引き返した。

紙は花筏の上に落ちて川を流れていく。かえでは水中をもがきながら手を伸ばす。しかし紙はかえでの手をすり抜け、無情にも流れていく。

無様《ぶざま》に手足をばたつかせ、水を飲みながらも、かえでは思いきり手を伸ばした。指の先が、それにかすめる。

届いた、そう思ったとき。

巨大な塊で殴られたのに似た衝撃を最後に、かえでの視界は分厚い水にのみこまれた。

＊

「――琴羽」

五葉がかえでの手を繋《つな》ぎながら、知らない女の名前を呼んだ。

「琴羽？　誰だそれは」

「妹や。三歳下やから、今年で二十三になる。けどなあ、十歳のときから眠ったままや」

五葉が、慈《いつく》しみに満ちた目を下に向ける。その視線の先は眠ったままのかえでだ。

「こいつはお前の妹じゃない」

蒼は、五葉の向かいに尻を落としてかえでを引き寄せ、膝に乗せる。

かえでの手は五葉と繋いだままだ。それでも体温が伝わってくることにほっとする。

「琴羽には、かえでちゃんとおなじ力があったんや。それで、いにしえの巫女《みこ》の再来やゆうて、親父《おやじ》が諸手《もろて》を挙げて喜んでな。神社やゆうても金がないと立ちゆかんやろ？　親父は、琴羽に参拝客の記憶を取らせたんや。祈禱料《きとう》てあるやん。あれに上乗せしてな、巫女の服着せて。琴羽が初めて祈禱を捧《ささ》げたんは、三歳のときや。オレらはまだそのとき、親父のしてることの意味もようわからんかった」

五葉のまなざしはかえでから離れない。

「次から次へ記憶を抜いて、そのたびにご神木に記憶を置いて。まあ置く場所がある分だけ、かえでちゃんより体の負担は少なかったんやけど、向こうはきれいやとか、ずっといたいとか言うとったんや。それがある日急に、琴羽は記憶を抜いたきり目覚めんようになった。あとから考えたら、あれは琴羽のSOSやったのに、見抜けんかった」

五葉がかえでの髪を撫でる。あたかも、小さな妹にするかのように。

「その子は今どこにいるんだ？」

「病院で点滴の管つけて眠っとるわ。これまで検査やなんやいうていろいろしたけど、どこも異常があらへんからお手上げやった。ただ寝てるだけやねん。脳波も正常や。欠損もなんもない。けど、誰の声も届かん。琴羽は向こうへ行ったきりや」

あっちだの向こうだの、蒼の理解の範疇《はんちゅう》を超えている。化かされた気分だ。

かえでに出会ってから、ずいぶん遠い場所まで来てしまった気がする。それでいて肝心な場所からは弾《はじ》き出されたような疎外感が拭えない。蒼はいらいらと頭を掻いた。

「そやから、ずっと向こうに行ける子を探しとった。オレは案内できても、向こう側には行けけん。琴羽を帰らせてくれる子が必要やった」

「それで見つけたのが、かえでか」

五葉が返事の代わりに、かえでの手を強く握りしめる。

かえでの髪が風に流れる。その体がかすかに震え、蒼は自分のナイロンジャケットを脱ぎ、眠るかえでにかける。

「つまり、お前は妹を助けられて、かえでは体の負担になっていた他人の記憶を外に取りだせる。お互いに利益になって、かえでもすべて終われば目覚めるんだな？」

双方、めでたしめでたしか。そう言い聞かせるが、一方で胸の内にわだかまるものが取れない。

「琴羽。聞いとるんか？」

五葉の声はしだいに切実さを帯びていく。

「琴羽、琴羽……っ」

その呼びかけに応じるように、かえでがわずかに身じろいだ。

「蒼、そのキーホルダー外してくれ！」

「なんだ？」

「ええから！」

五葉は蒼を待ちきれず、空いたほうの手でリュックに提げたキーホルダーを引きちぎると、かえでの手に持たせる。正体不明の焦燥感が喉を絞りあげた。

「かえで……？」

かすれた声が蒼の口をつく。しかし五葉の声にかき消された。

「琴羽、頼むから帰ってきてくれや……！」

瞬間、かえでの胸が下から突きあげられたかの勢いで跳ね、キーホルダーを握りしめた。

反対に、五葉と繋いでいたほうの手が――離れる。

「かえで？」

それきり、かえでは動かなくなった。

＊

気がついたら、かえではなぜか桜の木の下で寝ていた。

「うそー……」

全身ずぶ濡れだ。急に川の水があふれ、のみこまれたと思ったらまさかのスタート地点への逆戻り。

首と左手にあった蒼の記憶の糸は、まだなんとか巻きついている。それはいいが、びしょ濡れのそれらが巻きつくせいで首が重い。

「っくしゅん！　さむっ……、あれ、ない？　うそ」

右手につかんだはずの紙が見当たらず、かえでは焦って体じゅうを探った。靴も脱いで逆さにする。だが、水がぶちまけられただけだった。もちろん周囲も見回したが、ない。

かえでが蒼と制服姿で並んだ写真。

今はもう手元にもないそれが目に入ったら、捨て置くことなんてできなかった。

桜は雨のように降り続け、かえでが結んだ記憶の紐《ひも》も薄紅の花の合間にちらちらと見え隠れしている。

琴羽は無事に、五葉のところに戻れただろうか。

「わたしは、やり直しかあ」

かえでは濡れた服から水滴が落ちるまま、また川へと足を向けた。

肩で息をしながら、かえでは桜の木の下にぺたりと横になった。髪や服が吸った水が、肌を流れて白砂に染みこんでいく。はあ、と重い息を吐いた。

あれからどれくらい時間が経《た》ったのだろう。一刻も早く元の場所に戻らなくては。

そろそろ二次面接の結果連絡だって来るかもしれないというのに、こんなところで足留めされるわけにはいかない。

それなのに、川の向こうに渡ろうとしては流れにのみこまれる。

水を大量に飲み、溺れる、と覚悟した次の瞬間には目の前に桜の花が広がっている。

何度やってもおなじで、向こう岸にたどり着かない。

「結界が強固すぎない……？　ことちゃんは出られたのになんで？」

スタート地点に戻れば、あちらで待っているであろう蒼や五葉、就活のことも意識に上る。次こそ、と気を引き締める。

しかし、向こう岸に上がる最後の一歩までくると、決まって写真が現れ、どうしてかほかのすべてが頭から抜け落ちてしまう。ひたすら追わずにはいられなくなる。

かえでは紐や帯を巻きつかせたまま腕を投げだし、真下から花を見あげる。

「綺麗《きれい》だな……少しだけ休憩しようかな」

立ちあがる気力が削《そ》がれ、ぼんやりと桜を眺める。

結んだ記憶の数々を見つめていると、物悲しくなってきた。心が沈んでいく。

最近は息をひそめていた後ろ向きな思考が浮かび始める。

「――あんたがいると、この子にとって危険なの」

母の声がして、かえではうつろな目をさまよわせた。一本の紐に手が触れている。手首に結んだつもりが解《ほど》けて落ちたらしい。手が触れたために、記憶が再生されたみたいだ。

母は赤ん坊をかえでから守るようにしっかりと腕に抱えこむ。

「この子のおかげで、やっと人並みの幸せが手に入るのよ。失いたくないの。だからこの子になにかあったら、一生許さない。お願いだから、この子にはなにがあっても触らないで。私たちに近づかないで。もう思い出したくないし、ここからやり直したいの」

かえでが十八でふたたび母の元を離れる直前の記憶だ。妹がはいはいを始めたころだったと思う。かえでは母から自分の記憶を抜いた。

起きあがる気力が湧かない。紐から手が離れ、母の残像がまぶたの裏から消える。

「そうだよね……わたしを待ってるひとなんていない。就活だって、ぜんぜん選ばれないし……この花を見てるほうが落ちつくもんね」

ずっとここにいてもいい。ここならうんと昔の、かえでを連れて登校してくれた蒼もいる。そうだ、なぜ気づかなかったんだろう。

かえでは腕に巻いた蒼の記憶に手を伸ばした。勝手に覗《のぞ》くのはよくないからと見ないようにしていたけれど、少しだけ。

かえでは桜の下で横たわったまま、蒼の記憶に触れた。

＊

いくら呼んでも、かえでの返事はない。身じろぎもない。まぶたも、ぴくりともしない。

かえでを揺さぶる蒼の向かいで、五葉がスマホを取りだし電話をかける。

「901の五葉琴羽の兄です。すんませんけど、今すぐ琴羽の様子を見たってくれませんか。そうや、今すぐですわ。頼んます！………ほんまですか⁉　すぐ行きます！」

電話を切った五葉は興奮に息を乱しながら、リュックを背負う。目がらんらんと輝いている。

「琴羽が目ぇ覚ましよった！　やっとや……！　やっとやで！　それもこれもかえでちゃんのおかげや！」

駆けだそうとした五葉のリュックを、蒼は引っつかんだ。五葉がもんどり打って倒れこむ。

「いてっ！　なにすんねん」

「おい、説明しろ！　かえでを放っていく気か？　なぜかえでは目を覚まさない？」

ふり向いた五葉が、すまなそうに眉を下げる。ある予感が蒼の喉を突き破った。

『あの子、返してやれんかったらすまん』

蒼はかえでを膝に乗せたまま、限界まで身を乗りだして五葉のナイロンジャケットの胸ぐらをつかむ。

「お前……最初からかえでがこうなることを予想してたな？　知ってて、かえでを犠牲に

した な!?」

「すまん。ほんまにすまん、蒼。でもこれしか、もう思い浮かばんかったんや……」

最後まで聞く前に蒼は五葉を殴り飛ばす。五葉が木の根に背中をしたたか打ちつけて呻《うめ》いた。

意識のないかえでを担いで山を下りる。

古びた社の先からは石段に替わる分だけ楽にはなったが、昏睡《こんすい》状態のかえでの重みが肩にのしかかる。それでも蒼の足は止まらなかった。

タクシーで琴羽が入院する病院に乗りつける。蒼はかえでを患者として運びこもうとしたが、五葉に制止された。

「体に異常はないはずや。検査なんかしてもなんも出ん」

「信じていいんだろうな?」

言いたいことは山ほどあるが、それらをひとまずのみこんで琴羽の病室にかえでを運びこむ。そこは、しんと静かだった。

五葉によれば、母親が毎日欠かさず見舞いに訪れるらしい。しかし、蒼たちが入ったときは病室にはひとりしかいなかった。

うさぎの模様がプリントされた薄ピンクのパジャマを着た少女が、ベッドに体を起こしている。

二十三歳と聞いたが、どう見積もっても十五、六がいいところだろう。髪は胸の下ほどで切りそろえられ、薄い胸が規則正しい息遣いを伝えている。

先に入った五葉が手のなかのキーホルダーを握りしめ、大きく息を吸う。琴羽、と声ともいえない呼び声が空気を震わせた。

少女が蒼たちのほうを向く。腕に点滴の針を残すものの、顔色そのものは悪くない。

「かえでちゃん！　と、……お兄ちゃん？」

笑うと大きな口が五葉そっくりの琴羽は、開口一番にかえでの名前を呼んだ。

広い個室には琴羽のベッドのほか、付き添いの人間が泊まるための簡易ベッドが備わっていた。蒼はそこにかえでを下ろす。そのあいだも五葉は琴羽の体を抱きしめたまま、むせび泣きを止めなかった。

琴羽が何度も呼びかけるが、五葉は頭の配線がおかしくなったらしい。涙腺はもはや崩壊したというべきか。

感動の兄妹《きょうだい》再会という絵面なのだろう、はた目には。

蒼は、琴羽を抱きしめて離さない五葉を引き剝がした。見舞客用の丸椅子を琴羽のベッドに引き寄せ、腰を下ろす。

もちろん、話題はひとつしかない。

「かえでを知ってるな？　かえではどうした」

前置きをすっ飛ばした蒼に驚くこともなく、琴羽は言葉を探す風に右手を握ったり開いたりした。気づいた五葉がキーホルダーを差しだす。

琴羽は小さなうさぎを両手で押し抱き、口を開いた。

「あなたは蒼くんね？」

「なんでわかる」

「ちょっとだけ、かえでちゃんが持ってた思い出を見ちゃった。かえでちゃんが言ってたよぉ。かえでちゃんが出てくる思い出をぜんぶ抜いちゃったって」

成人女性が話すには口調が幼い。ただ、眠り続けたという事実を頭に置いた上で考えれば、琴羽はしっかりしているとも言えた。

「かえでに会ったんだな？」

「かえでちゃんが思い出を結ぶのをお手伝いしたんだよぉ。たぁくさん、ためてたんだもん。すっごく時間がかかっちゃった」

どうやるのか聞いても理解できそうにないが、琴羽の話す内容をそういうものだと受け入れるしかない。

とにかく、かえでは記憶を自分の頭から取りだすのには成功したようだ。

「思い出はねぇ、かなしいかかなしくないかのどっちかなの。あそこにあるのは、かなしい思い出ばっかり。かなしいから、きれいに花が咲くの。でもねぇ、かえでちゃん、蒼くんの思い出だけは木に結ばなかったんだよぉ。かなしいのにねぇ」

「悲しい？　ガキのころの記憶だろ。本人にも聞いたが、大したもんじゃなかった。抜きとられなくても、大人になるにつれて忘れるようなもんばかりだ」

「蒼くんがかなしくなかったんなら、かえでちゃんがかなしかったんだよ」

ますますわからない。くだらない記憶を抜いたところで、悲しくなる理由などなさそうではないか。

「もういい。かえでを目覚めさせる方法を教えろ。なんでお前だけ戻れた？　かえでになにがあった？」

琴羽につめ寄ると、五葉が蒼と琴羽のあいだに割りこんだ。

「あの場所の出入りにはオレを通さなあかんけど、オレはただの媒介なんや」

五葉はつまり、と難しい顔をする。

「前にオレは管理人や言うたけど、実際はただの鍵穴や。鍵を開けるんはあくまで力を持つ人間のほうで、かえでちゃんに開ける意思がなかったら開かへん。琴羽もそうやった。だから外から開けられる人間を探しとった」

「それって、お兄ちゃんがことを外に出すために、かえでちゃんを無理やり連れてきたってこと？　お兄ちゃんのばか！　さいってい！」

「最低でもなんでもええ。こと、おまえどんだけ眠ってたと思うねん。今年でもう二十三やぞ……っ」

五葉が鼻をすすり、琴羽が口をつぐむ。

しかし沈黙が満ちかけるのを、蒼は遮った。

「待て、今のはどういう意味だ？　かえでに開ける意思がない？」

答えたのは、五葉ではなく琴羽だった。思い返すように言う。

「あっちに行くとね、思い出をいっぱいふり返るの。ふり返って……長く見れば見るほど、動きたくなくなっちゃうの。特に、大事な思い出があるとね。かえでちゃん、ずっと蒼くんの思い出をはなさなかったから……」

かえでのベッドを近づけるよう琴羽に頼まれ、蒼はキャスターを動かして琴羽のベッドの横にかえでのベッドを並べた。

琴羽が身を乗りだし、元どおりに手袋を嵌《は》めたかえでの手に触れる。

「こと、あかん」

五葉が青ざめて琴羽の手を引き離したが、琴羽の目は蒼を見ていた。

「かえでちゃんはやさしいの。やさしいから、蒼くんの望みどおりにぜんぶ抜いたんだよぉ。だからかなしいの」

琴羽のまっすぐな視線が刺さる。

「俺の望み？」

琴羽が、自分の腕をつかんでいた五葉の腕をとんとんと軽く叩《たた》く。五葉がしぶしぶ腕を離し、琴羽はかえでの手袋を外すとその手に触れる。

しかし変化は起きなかった。

「こととおなじ。あそこはかなしいがきれいになる場所だから、出たくなくなるんだよぉ。あのとき、かえでちゃんを待てばよかった。かえでちゃん、ことを出してくれたのに……かえでちゃんにはうさぎがいなかったから」

「うさぎ？」

琴羽がかえでの手にキーホルダーを握らせる。

琴羽はしばらくそのまま握っていたが、やがて小さくかぶりを振って手を離す。かえでの手が、ぱたんとベッドの上に落ちた。

「やっぱり……これは、かえでちゃんのうさぎじゃないもんね。どうしよう」

これはいったい、なんの茶番だ。

さっさと起きろ。くだらない理由で駄々をこねて寝てるんじゃない。これまで散々、ひとのために動き回っておいて、自分はなぜ出てこない。

「誰がそんなわけのわからない説明で納得するかよ……ッ」

腹の底からふつふつと怒りが湧き、考えるより先に体が動いた。

「おいかえで！　俺の記憶に縛られてるって言うんなら、いま俺が考えてることも抜いてみろ！」

「蒼!?」「蒼くんっ」

蒼はかえでのベッドに回りこむやいなや、かえでの手をきつく握りしめる。天変地異だと五葉がわめいたが、蒼の耳には届かなかった。

*

かえで、と蒼の呼ぶ声が聞こえて目が覚めた。危なかった。もう少しで眠ってしまうところだった。

のろのろと頭を起こす。昔の蒼はいつもかえでを「おまえ」と呼んだから、呼び声は空耳だろう。

かえでは次から次へと、蒼の記憶を再生させていた。出会ったときのものから、順に。再生した蒼の記憶のなかで、かえでは常におどおどしていた。いくら蒼の仏頂面が怖かったからって、われながらひどい。

今は、あの目の奥に優しさがあると知っている。

「かえで」

さっきより声が間近で聞こえて、かえでは辺りに首をめぐらせた。

あらかた再生し尽くして、残るは蒼がかえでを消したいと願ったときの記憶しかない。それにだけは手を触れていない。

別の記憶に触ったのだろうか。慌てて両手を胸元に引き寄せると、霞《かすみ》の向こうにぼんやりと蒼の姿が立ち現れた。

「こんなところでサボるな」

「蒼さん？」

蒼は再生した記憶そのままの表情でぐんぐん近づいてくる。おかしい、記憶の糸から手は離したのに。やけにリアルな――。

「蒼さん!? なにやってるんですか!?」

一気に間合いをつめられたと思ったときには、かえでの手が蒼の手のなかにあった。

「なっ、離してください！　早く！」

琴羽の手を握ったときとは、わけが違う。かえでは混乱の絶頂で蒼の腕を離そうともがくが、蒼はびくともしなかった。それどころかますます強く握りこまれて痛い。

「遅い！　さっさと帰るぞ」

「帰るって!?　ていうかなんで蒼さん、ここにいるんですか!?　ていうかこれ、ほんとうに蒼さん？　しかも起きてます？　なんで？」

おかしい。いつもの、指先が痺《しび》れる感覚もぬるいお湯が流れこむような感覚もない。

「なんでなんでうるさい。こっちに入ったからに決まってるだろ」

「こっち？　蒼さんそれどういう」

「俺がわかってると思うなよ。かえでは黙って歩け」

なんて横暴な。わけがわからない。

「でも、まず手を離してくださ――」

「誰が離すか、ここまで来て」

蒼は混乱を極めたままのかえでを引きずるようにして歩きだす。

さっきまでの鬱々とした気分が、いつのまにか霧が晴れるように消えていた。

だが、地面に置いていた蒼の記憶の束が目に入るなり、かえでは足を止めた。ふり向いてかえでの視線の先を追いかけた蒼が、顔を歪《ゆが》める。

「……悪かった」

「へっ？　どうしたんですか？　突然」

「かえでを焚《た》きつけて、力を使わせて悪かった。かえでがどんな思いで他人に触れてきたか、ほんとうの意味で理解できてなかった」

言葉がのみこめず呆《ほう》けたかえでに、蒼がさらに顔を歪める。

「追いこんでおいてどの口が今さら言うのかと……思えば思うほど切りだしにくくなった。

もっと早くに謝るべきだったのにな。そのせいで、かえでがここから戻りたがらなかったんなら……」

「違いますよ」

かえでは蒼の手を離す。今度はあっさりと離れた。

「ずっと……こんな手を持つ自分は欠陥品だから、ほかのひとがやるようには、うまくひとと関われないと思ってきました。ひとの役に立ててようやく、プラスマイナスゼロになれる程度の人間だって」

かえでは地面に散らばった紐《ひも》を拾いあげる。触ると記憶を見てしまうから、服の袖を引っ張って手のひらを覆って、慎重に。

「だから、蒼さんに力を使えと言われたときも最初は嫌でした。ひとと関わるのが下手なのに、なんでこんなことにって蒼さんを恨みました。でも、いろんなひとと出会って、うまく言えませんけど……わたしもわたしのまま、前へ進めばいいって思えたんです。焼き肉の楽しみもできましたし」

焼き肉？　と蒼が怪訝《けげん》な顔をする。かえでは紐と帯を抱えて蒼に近づく。

「ことちゃんを結界の外に出すことができたのも、きっとそのおかげです。あっ、ことちゃんは？」

「久々の目覚めで、五葉がわんわん泣いてる」

「よかった……！」

「他人のことより、自分だろ。進めばいいと思っておいて、なんで戻ってこなかった」

蒼がぐっと眉根を寄せる。かえでは拾いあげた記憶を深く抱えこんだ。

「戻ろうとは、してたんですよ。でも……こう、ふらっと」

「ふらっと、で居残るやつがあるか」

「へへ……」

かえでが手を伸ばした写真は唯一、蒼との繋《つな》がりを示すたしかな証拠だった、と伝えても、蒼にはぴんとこないだろう。

無意識に腕のなかに目を落とすと、強い視線を感じた。

「それが俺の記憶か。そんなもん抱えてないで、帰る気があるなら早く結んでこい」

「これはだめです。木に結んでしまえば、それで終わりじゃないですか」

「いいから結んでこい」

「嫌です」

「ゴミだろそんなもん。結ぶのが嫌なら捨てとけ」

蒼の手が伸びてくる。

その手を振り払ってあとずさる。かえでは紐や帯をさらに深く抱えこんだ。

「そりゃあ、蒼さんにとっては消したかった過去ですけど、わたしにはそうじゃな――」

かえでは言いかけ、ぎょっとして手を口元に当てた。

記憶の糸束がばさりと地面に落ちる。

今さらそんなことを言っても蒼を困らせるだけだ。蒸し返すなんて、やってはならないことだった。

「……すみません、忘れてください」

「この記憶を見るにはどうすればいいんだ？」

黙ってかえでの話を聞いていた蒼が、静かに言った。

「俺の記憶だろ、見たい」

「だめです！　蒼さんは見たらだめ。見たら後悔します」

かえでは猛然とかぶりを振った。

蒼をふたたび傷つけるとわかっていて、見せられるわけがない。

「俺の記憶がこれだと言うなら、ここにあるのに俺が見れないのはおかしい。見せろ」

正論に怯《ひる》んだかえでの隙を突き、蒼はあっけなく紐の束を取りあげた。ストレートで、容赦がない。しかし、その声には抑えた怒りがにじんでいた。

蒼はいちばん大きなものから手に取ると、その場に腰を下ろす。焦りと不安におののくかえでにかまわず、蒼は自身の記憶に目を凝らした。

結界の内側では、異能がなくても触れるだけで記憶を見られるらしい。そんな仕組みは要らないのに。そもそも、蒼がここにいるのが異常事態だ。

蒼はすべて見終えると、顔を上げた。

「これで終わりか？」

かえでは、びくびくしながらうなずいた。

「はい、そうですけど……なにか？」

「隠してるんじゃないだろうな」

「これですっぱりぜんぶ、お出ししました」

首をかしげると、蒼もいぶかしげな表情で記憶の紐と帯を並べた。

「なんで消した？　理由がわからない」

「なんでって……そんなの、蒼さんがわからないわけないでしょう」

蒼は、祖母との会話も見たはずだ。婚約を打診されて「迷惑だ」と撥《は》ねつけたときの記憶。自分の記憶を見て、わからないはずがない。

「なんで俺がわかると思うんだ？　消したのはかえでだろ」

「それは蒼さんが」

その先をためらったかえでに、蒼の眼光が鋭くなった。今日はこんな顔ばかり見ている。

「言え。言うまで、俺はここから出ない」

「なに言ってるんですか！」

かえでは紐や帯を脇にどけ、蒼ににじり寄る。しかし、ひとにらみされてすくみ上がった。

「まさか、俺が婚約を断ったから消したのか？」

「違います！　そんなんじゃありません。わたしだって、十五で婚約なんて考えられないですよ。そんなのドラマの中だけの話です。ただ、蒼さんが……消したいと望んだじゃないですか。わたしのことを思い出しながら『知りたくなかった』って……訴えたじゃないですか……」

蒼が腕を組んで考えこむ。

心臓が不安にぎゅっと縮まった。

「……すみません。せっかく消したのに、わたしが抱えて離さなかったせいで、また蒼さんに嫌な思いをさせてしまいました」

「おまえは、馬鹿か！」

思いがけない剣幕にのまれ、かえでは仰《の》け反る。こんなに怒気をあらわにされたのは、初めてだ。いつのまにか昔のままの呼びかたをされたのにも、気づかなかった。

「知りたくなかったって、そんなの当たり前だろうが。年から年じゅう、手袋をしたおまえと一緒にいたんだ。そのあいだ一度も、おまえは事情を話さなかったんだぞ？　おまえは俺に知られたくなかっただろうと思うのがふつうだろ」

きょとんとしたかえでに、蒼がまなざしを鋭くする。

「だから知りたくなかった、って思ったんだろうが。おまえ以外の人間の口から、おまえにとって重大なことを、しかもおまえの了承もなしで」

かえではしどろもどろに反論した。どういうことだろう。頭が混乱する。

「でも、わたしの記憶がぜんぶ流れてきて、知りたくないって……」

「あんな形で知らされたら、過去をいちいち思い出すだろ。あのときも、あのときも、おまえはその力を隠してたのかって、確認するだろうが。俺がもっと愛想がよかったら、おまえも俺に相談できたのかって……後悔するだろうが」

最後のひと言を発する蒼の顔が曇る。

「でも、母は気味悪がってわたしをおばあさまに預けたんですよ？」

「おまえの母親と俺は別の人間だろうが。俺は、おまえから聞きたかった。知ってんだろ、俺はなんでも自分の目で直接たしかめたいんだ」

喉の奥から唐突に熱い塊が迫《せ》りあがり、かえでは喘《あえ》ぐように浅い息を吸った。

おかげで唇に言葉を乗せるのに、ひどく時間がかかる。

「蒼さんは、異能持ちに人生を縛られるのを嫌がったんだと、ずっと……だってそうじゃないですか。おばあさまは、蒼さんの優しさにつけこんで婚約を迫ったんですよ？　婚約話自体は流れたって、おばあさまはこの先も蒼さんをそういう目で見てしまう。蒼さんは面倒見がいいから、一度聞いたら完全には無視できないでしょう。でもそれって、重いし苦しいじゃないですか。だから拒絶したんだろうと……思って……」

だから「消したい」と言われたとおりに、蒼を楽にしなきゃと思った。

楽にするつもりで触れたら、かえでに関する記憶がすべて流れこんできたのは衝撃だったが、それもしかたないと思った。こんな気味の悪い人間だから、しかたないと。

もしあのまま引っ越ししていなければ、祖母からも記憶を消していたはずだ。

「違ったんだ、よかっ……よかったぁ……」

蒼はかえでを奇異な目で見ず、一度も興味本位に手袋の理由を尋ねなかった。だからかえでは蒼の前では、自然でいられた。

蒼は、かえでにとって特別だった。

その蒼に拒絶された記憶が、かえでにとっての抜けない棘《とげ》だった。

どっと気が抜けて、空を仰ぐ。

かえでの肩にも、蒼の頭にも、桜の雨が降り注ぐ。ただの花びらにもかかわらず、なぜかほのあたたかく感じる。

「この時代に誰が、あんな話くらいで人生を縛られた気になるっていうんだ」

「それはそれで、わたしに失礼です……」

かえでは口を尖《とが》らせて、蒼の足を叩《たた》いた。

「やっと、『すみません』じゃなくなったな」

蒼の手が伸び、髪をくしゃりとかき交ぜられる。顔を跳ね上げたかえでは、そのとき蒼のやわらかな笑みを見て唐突にもうひとつ気づいてしまった。

鼓動が騒ぎだす。

「蒼さんがわたしに、記憶を抜く仕事をするように仕向けたのは……わたしに弁償させるためじゃなかったんですね」

表情の変化に乏しいはずの蒼が、珍しく狼狽《ろうばい》を見せる。かえでは確信した。

「再会した日、わたしが記憶を抜く以外にはなにも人並みにできないって言ったから。手のことも含めて、わたし自身を肯定できるようにって……示そうとしてくださったんでしょう？」

かえでが、自分の歩んだ道を受け入れていけるように。

「……深読みしすぎだろ」

蒼がふいっと顔を背ける。どうしよう、目元がゆるんでしかたがない。そんな風に素っ気なく言われたって、惑わされないのだ。

「ふつうは通りすがりに出会った人間に、仕事場から契約までなにもかも面倒を見たりしませんよ？　それに、償わせるだけが目的だったなら、力を使うのをやめろなんて言わないです。むしろいくらでも力を使わせるはずです。……やっぱり、蒼さんは優しい」

蒼は口が悪くて理屈っぽく、手厳しい。だが、目の前のかえでを決して否定しない。ぜんぶ受け止めた上で、行動で優しさをくれるのだ。

「そう思いたいなら、勝手にそう思ってろ」

「そうします」

ふて腐れた顔の蒼がおかしくてくすくすと笑うと、ややあってから蒼も噴きだす。

顔じゅうで笑う蒼を見るのは初めてかもしれない。けれど、いま直視するには眩《まぶ》しすぎた。

「それで、具合はどうなんだ？　頭から記憶を出したら少しは楽になったか？」

「大丈夫……です」

なんだか胸がおかしい。ぎゅうっと締めつけられるような、反対に際限なく膨らみそうな、相反するふたつの状態に陥って蒼の顔をまともに見られない。

「嘘《うそ》じゃないだろうな？」

頭を屈《かが》めた蒼に覗《のぞ》きこまれ、かえでは軽いパニックに陥った。

「えっ⁉　あっ、はいッ」

頬が熱くてたまらない。お願いだから見ないでほしい。

「おい、熱があるんじゃないのか」

「誓って元気です！」

近づいてくる蒼に仰け反りながら、必死に訴える。蒼はつかのま目を眇《すが》めたが、やがて身を引いた。やっと息ができる。

「蒼さんは、気味悪くないですか？　それとも今も……疑ってますか？」

「ここまで迎えにきてやったのにそれを訊《き》くのか」

呆《あき》れたと言わんばかりの声が、やわらかくかえでの胸を揺らした。

「これは俺が持つ。帰るぞ」

蒼が紐《ひも》と帯を腕に抱える。先に立って歩きだした蒼が、ふと足を止めてふり向く。

「かえで」

ごく自然な仕草で手を差しだされる。

かえではおそるおそる、その手を握る。じんわりとあたたかい。蒼の手は、こんな温度なのか。

今なら迷わずに、あの川を渡れる。確信があった。

＊

目を覚ましたら、四つの瞳に覗きこまれていた。

「かえでちゃん！　おはよーさんやで。いや、ちゃうな？　おそよーさんやで、わかるかいな？」

「よかったぁ。かえでちゃんが起きなかったら、お兄ちゃんと絶交しようと思ってたぁ」

「ことぉ、ほんまにすまん」

「かえでちゃんに謝って」

「かえでちゃん、ほんっっっまにすまんかった」

「え……と？」

頭上で交わされる会話をぼんやりと聞くうちに、意識がはっきりしてくる。真っ白な天井に、薄桃色のカーテン。目だけで左を向けば、見知らぬパジャマ姿の少女がかえでを見ていた。

「あれ、こと……ちゃん？」

呼んだものの、自信はない。かえでが出会った琴羽はもっと小さくてほっぺがふっくらして、目だってくりくりしていた。

今かえでを覗きこむ少女は、髪が長くて色白で……ああでも、笑うと五葉とそっくりだ。

「かえでちゃん、おかえり」

「た……だいま？」

状況がのみこめないかえでに、五葉と琴羽が代わる代わる説明する。

それによるとかえでは昏睡《こんすい》状態に陥り、琴羽の入院するこの病院に連れてこられたらしい。そこで先に目覚めた琴羽から、蒼と五葉は事情を聞いた。

その上で、蒼がかえでの手を握ったらしいことも。

「――うそっ⁉」

はっとして首をめぐらせると、右手ががっちりと蒼につかまれていた。

蒼はベッドにうつ伏せになっている。かえでは仰天して手を引いた。

「蒼さんの記憶が！」

「これぱっかりはなあ……。ふたりとも、丸三日は寝とったんや。でも無事でよかったわ」

五葉が、看護師が見回りにくるたびにごまかすのが大変だったと続けるが、頭に入らない。それより手袋をしなくては。

かえでは跳ね起きると目でリュックを探した。気がついた五葉が窓辺に置いたリュックを渡してくれる。かえではすぐさま手袋を取りだして嵌《は》めた。

それでも、言いようのない不安に襲われる。

「ブチ切れとったけど、記憶抜かれるんは覚悟しとったやろ。ゆうか、俺らじゃかえでちゃんを助け出せんかった。蒼の記憶がかえでちゃんに流れこんだから、かえでちゃんのいる結界の内側に繋《つな》がれたんやろなあ。蒼がそこまで考えてやってたかは知らんけど。とにかく、かえでちゃんがそんな顔したら蒼が怒るで」

でも、蒼はいつ目が覚めるんだろう、ほんとうに目が覚める？　どれほどの記憶を抜いてしまった？

それよりまさか、ひとりであちらに残ってたりするんじゃ——。

蒼の横顔でまつ毛が震える。かえでは弾《はじ》かれたように前に乗りだした。

「蒼さん？」

蒼がゆっくりと頭を起こす。二度まばたいてから、蒼がかえでに焦点を合わせた。

「……かえで？」

「蒼さん！　蒼さん！　蒼さん……っ」

涙が、ぼたぼたと掛け布団を濡《ぬ》らした。

「蒼さん、よかった。気が気じゃなかったんですよ！」

「蒼にしてみりゃ、かえでちゃんのほうが気が気やなかったやろけどなあ。なあ、蒼？」

ところが、蒼は口をあんぐりさせた。

「久しぶり……だが、なんでこんなところにいるんだ？　五葉も。ここ病院だろ。なにかあったのか？　いや、俺もなんでこんなとこに……？」

かえではもう少しで叫びそうになるのを、どうにか口元を手で覆ってこらえる。

そうでもしないと心臓が飛び出てしまいそうだった。

「蒼さん。わたしたちって……いつぶりでしたっけ？」

おそるおそる尋ねると、蒼が啞然《あぜん》とした。

「かえでが中学のとき以来じゃないか？　突然、転校しただろ。こっちに帰ってきてたんだな」

どう返せばいいんだろう。頭が働かない。掛け布団の下で足が震えてしかたがない。

幼なじみだったころの記憶が戻ったのだろうか。

それはもちろん嬉《うれ》しい。かえでの転校を知ってるのなら、祖母との話も覚えているのだろう。この能力についても知っているわけで……でも、このふた月ほどのことは覚えていないのか。

と、ベッドについた手に蒼の視線を感じた。

「ずっとかえでの口から聞きたいことがあった」

続きを言いかけた蒼が、ちらっと五葉たちを見やる。そこからなのか。蒼が訊きたいのは、能力の件に違いない。

だが今の蒼にとっては、五葉たちは部外者だ。この場でする話じゃないと思い直したのだろう。

「この手についてですよね。おばあさまが蒼さんにお話ししたとおりです。五葉さんたちもご存じですけど、ちゃんとお話しします」

　両手をぎゅっと握り合わせる。蒼の手のぬくもりは、とっくに消えていた。幻だったのかと思うほど、あっけなく。

　でも、今度はまったくのゼロからのやり直しじゃない。

　少なくとも、幼なじみの記憶がある。それに、もう沈黙を貫く必要もない。話しても、蒼はきっと否定しない。

　たどってしまった過去も、ここから正しい道にしていけばいい。

「ついさっきまで蒼さんと一緒でしたよ。蒼さんがわたしの手を握って、助けてくれました。すごく……嬉しかったんですよ。いつか必ず、その記憶もぜんぶ戻しますね」

　蒼が不審そうに眉を寄せる。かえではこっそり目尻を拭って笑い……われに返った。

「待って、さっき三日も眠ってたって言いました⁉」

　かえではリュックに飛びついてスマホを取りだす。

「第一志望の企業からの着信履歴……！　どうしよう、かけ返さなきゃ。充電が……！」

　二パーセントしかない、と悲鳴じみた声で続けると、蒼が無言でリュックを探りモバイルバッテリーを取りだした。

「落ちつけ。就活中なのか？」

　差しだされたバッテリーを焦ってスマホに繋ぎ、かえではほっとして蒼に礼を言う。

「そうなんです、落ちまくってて、周りはとっくに内定がもらえてるのに、わたしだけひとつもなくて……でも、やっとほんとうにここで働きたいと思える会社にたどり着いたんです。二次面接通過者には連絡するって言われてて……」

かえではスマホをぎゅっと握りしめる。充電できるのにはほっとしたが、今度は緊張してきた。着信履歴があるということは、期待してもいいのだろうか。

いやでも、すぐに電話を取れなかった時点で落ちたかもしれない。その場合は、渚のときみたいに土下座でもなんでもして食い下がらなくては。

「落ちつけ。別になにがあっても死にはしない」

そうだった。どんな内容だとしても、そこからなんとかしていけばいい。今のかえでならできるはずで、そう思えることが嬉しい。

かえでは深呼吸して、発信ボタンをタップする。

状況のわからない琴羽がうさぎのぬいぐるみをぎゅっとする。ただならぬ雰囲気だけは感じとったみたいだ。蒼と五葉も固唾《かたず》をのんで見守る。

コール音二回で、人事担当者に繋がる。声が上ずった。

「先日はお電話を取れず申し訳ございませんでした。はい……いえ、病院にいたもので……いえっ、元気です！　はい、はい……っ……すぐ行きます！」

かえでは電話を切るなりベッドから飛び下りた。リュックを背負い、見守っていた三人に早口で説明する。

「二次面接も受かってた……んですけど、最終面接が今日らしくって！　行ってきます！」

「おおっ、気張ってやー！」

はい！　と背中で返事をして病室を飛び出す。とたん足がもつれ、かえではたたらを踏む。

「慌てて怪我《けが》したら元も子もないだろ。俺も下まで行く」

うしろからきた蒼が、呆れた顔をした。

＊

「あのふたり、これからどうなるんやろなあ」

蒼とかえでが、病院の敷地を並んで出ていく。

先日、ふたり並んで集合場所の社まできたときは、蒼がかえでを守るようにして歩いていた。だがふたり揃《そろ》って病院から出ていくうしろ姿には、拳三個分の距離が開いている。

「おっとかえでちゃん、こけとるやん。大丈夫かいな、っと……」

蒼が、かえでの手袋をした手を握って助け起こす。

また並んで歩きだしたふたりの距離は、拳一個分に狭まっていた。

姿が見えなくなるまでふたりを見送ってふり返ると、琴羽がベッドの上でぐったりしていた。病み上がりの体に七月の熱気はキツかったに違いない。透流《とおる》は窓を閉め、ベッド脇の丸椅子に座る。

「それにしても蒼のやつが、あんな無茶するとは思わんかったなあ。もっと取り澄まして、スマートにやる男やと思てたけど、かえでちゃんに関してはちゃうんやなあ」

「お兄ちゃんも、来てくれたらよかったのになぁ」

琴羽がそっぽを向いた。透流がかえでを寄越したことについて、琴羽はまだおかんむりなのだ。

当然なので甘んじて受ける。

「んん？　待てよ。昔の記憶は戻ってたよなあ、蒼。てことは……」

「もう一回、かえでちゃんといっしょにあの場所に行ったら、ぜんぶの思い出が戻るかなぁ？」

「いやでも、そのときはまた別の記憶が抜けるんちゃうか？　手ぇ繋がなあかんやろ。こっちでは繋げへんのに難儀やなあ。いっそデートはあっちでやるとかな」

無言でにらまれてしまった。

「……すまん」

「お兄ちゃん、デリカシーがなさすぎ」

デリカシーなんて言葉よう知っとんなと言いそうになった。また機嫌を損ねたらあとが大変なので、慌ててのみこむ。

「かえでちゃんなら、いつか蒼くんの思い出を戻してあげられるよぉ」

「そやな、あんなことしといてなんやけど、かえでちゃんには幸せになってほしいなあ。ひとのことばっかり優先してまう子やし、先が心配やわ」

「蒼くんがいるから大丈夫だよぉ」

「お、おお……そうか……」

なぜか声が沈み、透流は首を捻《ひね》る。琴羽がかわいらしい声で笑った。

この声を、長いあいだ聞きたかった。

「ねぇ、お兄ちゃん。こと、これからがんばるから、リハビリとかお勉強とか手伝ってねぇ。みんなに追いつかなきゃだからねぇ」

気落ちした声への琴羽なりのフォローだろう。中身が子どものままとは思えないほど空気を読む。これまで数多くの人間の記憶を抜いて、人間の内側を見てきたために培われてしまった力だ。

もう、そういうのはやめていい。

父親が琴羽を学校にもろくに行かせず、巫女《みこ》に仕立てたとき、透流はおかしいと思いながらも父親に逆らえなかった。今でもその後悔は胸の真ん中に居据わっている。だから今後は全力で、琴羽の自由を守るのだ。

「そやな、やること山積みやな。オレもそろそろ大学を卒業せななあ。言うても、まあのんびりいこうや」

鈴を転がすような声で琴羽が同意し、手に握ったものを透流に見せた。

「これのおかげで、戻ってこれたよぉ。ありがとぉ、お兄ちゃん。これ、持っててくれたんだねぇ」

頭巾姿のうさぎが、つぶらな瞳を透流に向ける。そのキーホルダーは、琴羽がどこへ行くにも持ち歩いていたものだった。

琴羽があどけない顔をくしゃりと崩して、キーホルダーを大事そうに抱える。

見た目はせいぜい十五、六。中身は十で長らく止まってしまった、実年齢は二十三のアンバランスな妹。だが大事なのはそこじゃない。

取り戻せた、ここで一緒に生きていける。ほかのことはこれからなんとでもなる。

「ところでお兄ちゃん、なんで関西弁なのぉ？」

透流は涙ぐみかけたのを服の袖で拭い、にかっと笑った。

「おお、話したろ。それには宇宙より深遠なわけがあってやなあ――」

＊

スーツのネクタイをゆるめつつ、なだらかな坂を上ると、広い屋敷の輪郭が暗がりに浮かび上がった。この辺りは住宅街なので、日が沈むとめっきり静かになる。

何年ぶりだろうと思いかけたが、かえでによれば蒼はこのふた月ほどのあいだに、何度もこの家を訪ねたらしい。

「蒼とふたりで話す日がまた来るとは思わなかったわ」

玄関前で挨拶をすると、吉野に居間へ案内された。ほうじ茶を運んできた早苗《さなえ》が、豆餅を買っておけばよかったと申し訳なさそうに微笑《ほほえ》んで下がる。

吉野がさっそく本題を切りだした。

「かえでから話は聞いたわ。再会してからの記憶はなくなって、代わりに昔の記憶が戻ったんだってね。かえでのことも思い出した？」

「はい、昔のことはすべて。そもそも失っていたという意識がないので、思い出したという感覚はあまりないんですが。それで今日は……」

「七年前の話の続き？　あれからかえでを転校させたりでバタバタして、蒼とその話をする機会もなかったね。連絡をもらったときから予感がしてたんよ」

吉野は畳の上に手をつき、深々と頭を下げた。

「もうあの話は終わったんよ。今の蒼に言っても腑《ふ》に落ちないと思うけど、蒼に再会してかえでは変わったわ。たくさん笑うようになった。それでもう、じゅうぶん。あのときは私が早まったんよ。重いものを背負わせようとして、ごめんなさいね」

「……いえ」

ここに来るあいだ、取り戻したばかりらしい昔の記憶を思い返していた。ここ二ヶ月ほどのことについて、先日かえでが語った内容も。

いまだにうまく消化できない。

かえでに能力の実演を迫ったあげく、自分の記憶を抜かれたとは。それも自分でそうすることを選んだというから、自分で自分が理解できない。

そう言うと、かえでは目を伏せて静かに笑った。そんな顔をさせてしまったことに、腹の奥が疼《うず》く。とはいえかえでは、その昔にびくついていた人間と同一人物とは信じがたいほど強さを備えた顔をしていた。

「吉野さん。俺はいつか、かえでの力を消してやりたいと思います」

吉野が目を丸くして顔を上げた。

「蒼のおかげで受け入れられるようになったのに？」

「はい。……残念ながら、今はまだ消す方法は見当もつきませんが」

まったく覚えがないが、蒼はかえでの手を握ったらしかった。そう言ったときのかえでが心なしか寂しそうだったのは、思い違いではないだろう。

聞いたところによれば、かえでは五葉とは手を繋《つな》いでもなんともないらしい。それがなんとなく気に食わない。

「俺もかえでに触れられないと、この先いろいろ不都合ですし」

吉野が、いっそう目を見開く。今にも目の玉が零《こぼ》れ落ちそうだな、と蒼は心の内で思うに留《とど》めた。

「……年寄りの心臓は大事にしてくれないと、困るんよ？」

噴きだした吉野が、樺《かば》茶色の着物の袂《たもと》から一枚の写真を取りだした。

受け取って目を落とす。

「私の秘蔵の写真、蒼にあげるわ。かえでには処分してと言われてたけど、捨てられなかったんよ」

それは、かえでが中学に入学した日、なぜか蒼まで呼ばれて並んで撮った写真だった。

かえでが肩についた虫に怯《おび》えて震えるので、それくらいで騒ぐなと言った記憶がある。騒ぐうちに、黒い虫は蒼の肩に移った。ところが蒼が肩を払おうとした矢先に、かえでの手が伸びてきたのだった。

自分についたときは半泣きで震えるだけだったくせに、かえではそれまでの怯えた顔が嘘《うそ》のように真剣な顔で、手袋を嵌《は》めた手で包むようにして虫を取り、空に放した。

あのとき初めて、蒼はかえでへの見方をあらためたのだ。

笑いがこみ上げてきた。おどおどして意気地なしのくせに、他人のためだと勇敢になる幼なじみ。しかし、危なっかしくて当分は放っておけない。

「かえでは今日、最終面接を受けた企業に行ってるらしいですよ」

「あの子、受かった?」

「さあ、どうでしょう。用件は聞いてませんが……」

蒼の見立てでは吉報だろう。不採用なら、自社に呼びつけないはずだ。吉野も同様に考えたのか、やきもきする顔がどことなく明るい。

「まったく、かえではいつも私をひやひやさせるんだから……」

吉野が向かいで目尻に浮かんだ涙を拭ったのを、蒼は見なかった振りをした。

6．オペラ、あるいはチョコレートケーキ

地下鉄の改札を出て、弾むようにパンプスの踵《かかと》を鳴らしながら長い階段を上る。

地上に出たかえでは、十月の乾いた空気を目一杯に吸いこんだ。道路脇のイチョウの葉から漏れる陽《ひ》の光に、目を細める。この通りは、歩道が広いのがいいところだと思う。

前回来たときに見かけた小さなパン屋を目印にして角を曲がる。バッグの中のスマホがピロン、と鳴った。

【友達とお茶するから、かえでも来なさいよ。期間限定のトリプルスイートトリップパフェ、あるわよ】

なんのパフェなのかさっぱり想像がつかない。想像するだけで、口の中にホイップクリームを詰めこみすぎた気分になる。

だが、姫美《ひめみ》のメッセージのおかげで、緊張と高揚で固まっていた肩の力がいい具合に抜けたかもしれない。

【すみません、行きたいんですけど、これから内定式なんです。また誘ってください】

【どうせ一時間くらいじゃないの？　待ってるから来なさいよ。祝ってあげるんだから】

続いて、パフェの写真が送られてくる。なるほど、スイートポテトのパフェらしい。サイコロ状のスイートポテトに飴《あめ》細工とバニラアイス、そしてホイップクリームとコーンフレークの合間にタピオカがてんこ盛り。姫美はかなりの甘党だ。

依頼を解決（？）してからというもの、姫美からはたびたび連絡がくるようになった。今日のように、お茶に誘われるときもある。つかず離れずのふしぎな関係だが、かえでは気に入っている。

先日は、千登世《ちとせ》とも焼き肉デートをした。かえでも周りも、どうにか自分を労《ねぎら》いながら、心に適《かな》う方向へ歩んでいく。

時間が間に合えば行くと姫美に返信し、かえでは外していた手袋を嵌め、スマホを仕舞う。目的のビルはすぐ目の前だ。

古めかしさと新しさの同居した三階建ての建物の一階は直営店舗で、ガラス窓には新商品だという、仕掛けつきのペンケースのポスターが飾られている。手にした子どもがはしゃぐのが、容易に想像できた。

ここの二階と三階が、かえでの職場になる。

かえでは、子ども向けに特化した文具メーカーのひとつから、内定をもらった。

製造のほか輸入文具の販売も手がける会社で、小さくはあるがあたたかい雰囲気の職場だった。

この手についても、事情を明かせないことを含めて理解を示された。嫌がらせめいた質問もなく、どれだけ心が軽くなったか。そんなところにも惹《ひ》かれた。

希望は事務職だが、配属は入社後の研修で決まるそうだ。販売職に回されたら、と怖じる気持ちは否定できないが、きっと乗り越えられる気がする。

秋の予感を連れた風に、前髪が乱れる。

吸いこんだ空気の匂いは爽やかで、かえではガラスの前で前髪を直すと、大きく足を踏み出した。

内定式だけかと思いきや、事務的な手続きや内定者同士の集まりなどもあり、ビルを出たときには陽が傾いていた。かえでは姫美に改めて謝罪のメッセージを送り、帰路につく。

返事は、地下鉄に乗りこむ直前にきた。

【次こそ来ないと承知しないから！　あと、あたしの知り合いがちょっと困ってんの。かえでの守備範囲だと思うから、今度話を聞いてやって。もちろん、まだ力のことは言ってないわよ】

わかりましたと返信する。近いうちにまた、この手を使うことになるのかもしれない。

地下鉄から在来線に乗り継ぎ、自宅の最寄り駅で降りる。駅前のバス停のベンチが目に入ると、今日いちにちの疲労が肩に乗った。無意識に気を張っていたみたいだ。

家まで歩く前に少しだけ、とかえではベンチに腰を下ろす。横にはならず、背中を背もたれに預けるだけにして目を閉じた。

「けっきょく、今年はちゃんとしたお花見もできなかったな……」

就活やこの手を使ったりもして、お花見どころではなかった。いろんなできごとが、ずいぶん昔に思えてしまう。

蒼《そう》は元気にしているだろうか。

あのふしぎな空間から戻ってから、かえでは蒼と会っていなかった。

採用が決まったときに電話で話したのが最後だ。蒼は蒼で、あのとき結果として無断欠勤になったために、その後が大変だったとぼやいていた。

ともあれ、能力を見せる約束がはからずも果たされた今となっては、会う口実も見つからない。そのことを思って、顔が曇ったときだった。

「おい、そこで寝る気じゃないだろうな？」

かえでは勢いよくふり返った。同時に、右肩に固いものが当たる。

「蒼さん！」

「花見ならしたんじゃないのか？　桜のある場所に行ったんだろ？」

スーツを着た蒼がベンチの背に手をつき、かえでを見下ろしていた。鼓動がにわかにせわしないリズムを刻みだす。

　蒼がベンチを回りこみ、かえでの隣に腰を下ろす。相変わらず平然としているというかなんというか。

「あれはお花見とは言わないんです。というか蒼さんはなぜここに……」

「会社帰りだ。久しぶりだな」

「お……お久しぶりです」

　スーツ同士だというのに、蒼がやけに大人びて見える。そのくせ、以前よりも表情にやわらかさが増したような。

　急にいつか感じたのとおなじ、胸がきゅうっと締めつけられるのに似た感覚がぶり返す。かえではうろたえて視線をさまよわせた。

　いつか必ず、蒼の記憶をすべて戻す。それまではまだ、この感情の名前は見つからなくていい。

「ん」

　蒼がかえでの横に白い紙箱を置いた。さっき肩に載ったのは、これらしい。

「なんですか？」

「内定祝い、まだ渡せてなかったから。……よくやったな」

「あ……ありがとうございます！　まさか蒼さんに祝ってもらえるなんて。……夢みたいです」

電話で報告したときにも祝いの言葉をかけられたが、直接言われる威力は桁違いだ。蒼の言葉を噛《か》みしめる。

「やっと実感が湧いてきました……わたし、ほんとうに就職できるんですね」

「今ごろか？」

「今ごろです。こんな日が来ると思わなくて」

頬がどうしようもなくゆるんできた。

頭がふわふわして、パンプスでもスキップで飛び石を渡れそうに思える。地に足がつかなくて、背中には白い羽根が生えたかもしれない。

この瞬間は忘れたくない、とふいに強く思う。

忘れたい記憶や、忘れたほうが楽になれる記憶が、誰にだってひとつくらいあるとしても。

反対に、ずっと胸を照らしてくれる記憶だって、たしかにある。

その明かりを頼りに、自分がこうと思う道を歩いていけたらいい。

「開けてみろ」

蒼にうながされて箱を開けたかえでは、中を見て笑みを広げた。

正方形のチョコレートケーキがふたつ、行儀よく並んでいる。洋酒漬けのチェリーと、削ったホワイトチョコレートの飾りが愛らしく、ますます頬がゆるむのを止められない。

「なにがいいか迷ったが、ケーキ屋の前を通りがかったら、これがいいような気がしたんだ。ちょうど連絡するつもりだったから、かえでが捕まってよかった」

かえではもう一度、紙箱を覗《のぞ》きこむ。

再会してからの記憶は、蒼の頭からは失われている。かえでも、細かい会話までは再現していないのに。

「おいしそうですね……！　さっそくいただきましょう。蒼さんも、うちへどうぞ。お茶はどうします？　コーヒーですか紅茶ですか？　それともほうじ茶？」

蒼が顔をしかめた。

「ほうじ茶でケーキが食えるか。それより、かえでは警戒心を持ったほうがいい」

「えっ……このケーキ、なにかと交換条件ですか？」

「かえで。おまえは自分の鈍さも自覚しろ」

「ひどい」

蒼は紙箱を閉じ、腰を上げるとすたすたと歩き始める。かえでも慌ててその背を追いかけた。

「蒼さん」

ふり返った蒼に、かえではおどけてみせる。

「前に一緒に川縁《かわべり》を歩いたとき、豆餅よりケーキが食べたかったっていう話をしたんですよ。だから蒼さん、正解です。ただちょっと惜しくて」

「なんだ？」

「わたしがそのとき好きだって言ったのは、チョコレートケーキのなかでもオペラってい
うケーキなんですよ」

「そうなのか？」

蒼がしまったという顔をする。久しぶりに、そんな顔の蒼を見た。間違い自体ではなく、
記憶がないのをすまなく思ってくれているのだ。

かえでは小さく噴きだしてしまった。

「はい。でもたった今、チョコレートケーキ全般が大好きになりました」

追いついて、並んで歩く。

蒼の歩調は、昔よりずいぶんとゆるめられていた。

内容はフィクションであり、実在の人物や団体などとは関係ありません。

あとがき

はじめまして、白瀬《しらせ》あおと申します。このたびは、本作と出会ってくださりありがとうございます。


触れるだけで相手の記憶を抜いてしまう。

そんな、怖い能力について書こうと思い立ったのは、恥ずかしながら私自身が、うっかり触れる都度じくじくと痛む記憶を抱えていたからでした。

その記憶さえなければ、誰かが消してくれたら、どんなに楽だろう。そう思ったとき、頭の中にかえでという一人の女性が手を出す姿が広がりました。

あとは夢中で、彼女の奮闘を追いかけるように書いた覚えがあります。

そんな本作が、こうして皆様の手に届く機会をいただけて……この記憶は、かえでに抜かれないようにしなきゃ！　ですね。

担当様、この出会いに深謝します。的確なアドバイスに学ぶことが多く、たくさん助けられました。

ｈｉｋｏ先生、本作のイラストをお引き受けいただき心より感謝します。これまで私の脳内にしか存在しなかった二人が、幻想的な背景の中に鮮やかに立ち上がるのを目の当たりにして、思わず息をのみました。

そのほか、編集部の皆様をはじめ、本作に携わってくださったすべての方に感謝します。受賞を私以上に喜んでくれた家族や友人にも、特大の感謝を。ずっと支えてくれてありがとう。おかげでやっと、どうにかこの場に立つことができたよ。

最後に、本作をお読みくださった皆様。

本作を少しでも楽しんでいただければ、こんなに嬉《うれ》しいことはありません。このたびは本当にありがとうございました。

では、また皆様にお会いできる日がくるのを、心より願って。

白瀬　あお

お便りはこちらまで

〒一〇二―八一七七
富士見L文庫編集部　気付
白瀬あお（様）宛
ｈｉｋｏ（様）宛

富士見L文庫

忘《わす》れたい記憶《きおく》、消《け》します

白瀬《しらせ》あお

2023年6月15日　初版発行

発行者　山下直久
発　行　株式会社 KADOKAWA
〒102-8177　東京都千代田区富士見2-13-3
電話　0570-002-301（ナビダイヤル）

印刷所　株式会社暁印刷
製本所　本間製本株式会社
装丁者　西村弘美

定価はカバーに表示してあります。

●お問い合わせ
https://www.kadokawa.co.jp/（「お問い合わせ」へお進みください）
※内容によっては、お答えできない場合があります。
※サポートは日本国内のみとさせていただきます。
※Japanese text only

ISBN 978-4-04-074998-3 C0193

犬飼いちゃんと猫飼い先生

著／竹岡葉月　　イラスト／榊 空也

何度会っても、名前も知らない二人の想いの行方は？
もどかしい年の差&犬猫物語

僕、ダックスフントのフンフン。飼い主の藍ちゃんは最近、鴨井って人間の雄を気にしてる。鴨井だって可愛い藍ちゃんに惹かれてる。けど、僕は鴨井が藍ちゃんに近づけない重大な秘密も知っているんだ！ その秘密はね…。

【シリーズ既刊】1～2巻

富士見L文庫

花咲くキッチン
再会には薬膳スープと桜を添えて

著／**忍丸**　イラスト／沙月

再会から始まる――
幼なじみとの、おいしい恋と秘密。

仕事が大好きで有能な百花。でもお家では華やかさ0!　食事はコンビニ、ジャージが普段着。その姿で、美青年となった幼馴染と運命的に再会。
彼の店の試食係に任命された百花は、彼の深い愛と向き合うことになり――？

富士見L文庫

わたしと隣の和菓子さま

著／仲町鹿乃子　イラスト／pon-marsh

新たな居場所を見つけた少女の、
和菓子みたいに甘く、じんわり優しい恋。

家庭の事情で学生らしい時がなかった慶子さん。偶然訪れた和菓子屋「寿々喜」で和菓子に込められた想いを知りお店に通い始める。けれど、高校三年生の新しいクラスであの和菓子屋の店員さんが隣の席になって……!?

富士見L文庫